左遷された無能王子は実力を隠したい
～二度転生した最強賢者、今世では楽したいので手を抜いてたら、王家を追放された。
今更帰ってこいと言われても遅い、領民に実力がバレて、実家に帰してくれないから……～
3
Ibarakino
茨木野
Illustration ハル犬

ノア
賢者と剣聖、
ふたつの前世を
持つ最強の青年。しかし
闇落ちして闇の大賢者
「ノアール」に!?
ノア様、まさかの闇落ち……!?

リスタ
メイドとして
ノアに仕える村娘。
「さすがです、ノア様！」と
讃えながら
今回も大暴走。
ロウリィ
強大な力を持つ魔神で、
ノアの相棒。
ノアの闇落ちは
彼女が原因……!?
ナベリウス
ノアの命を狙う
大悪魔だったが、
今ではノアとロウリィの
板挟みにあう苦労人。

ompetent prince wants
to hide his abilities

3

CONTENTS

左遷された無能王子は実力を隠したい

～二度転生した最強賢者、
今世では楽したいので
手を抜いてたら、王家を追放された。
今更帰ってこいと言われても遅い、
領民に実力がバレて、実家に帰して
くれないから……～

Ibarakino
茨木野

Illustration ハル犬

3

1話　第七王子は歴史を正しく修正する（改悪）

俺の名前はノア・カーター。

ゲータ・ニィガ王国の、元王子だった。ある日俺は父親から、無能だと言われて、辺境の領地、カーター領を与えられる。

しかーし！　それはすべて、俺の計画のうちだった！

俺には剣聖と賢者、ふたつの英雄だった頃の記憶と能力を持っている。

英雄としてこき使われてきた俺は、三度目の人生、楽にくらしたい！

そう思ったので、生まれた時から無能を演じ、ついに王子というしがらみから解放され、辺境スローライフを謳歌《おうか》する！　……はずだった。

しかし第一村人リスタに、実力がバレ、あれよあれよという間に、領民ども全員に、俺が実は無能王子じゃないことがバレる！

しかも前回は領地の中だけでなく、お隣の国、帝国でも、俺に力があることをうっかり証明してしまった！

悪魔の土地カーターに住むノア教信者どもに、頭を悩まされる日々を送る……俺。

しかし……しっかーし！　俺はまだ諦めたわけじゃない！

目指せ心の平穏！　無能のふりして、楽に暮らすんだ……！

★

ある日のカーター領。

俺は、部屋に婚約者のサラを呼び出していた。

「どうなさったのですか、ノア様？」

グラハム公爵令嬢である彼女は、見た目もよく、サファイアのような髪の毛が実に美しい。

「うむ……最近領地内で、困ったことはないか？」

「困りごと、ですか？」

「ああ。最近外に出ることが多かっただろう？　その間に発生したトラブルを、俺が解決しようと思ってな」

「まあ……！」

サラのやつ、大喜びしてやがる。俺が領主としての務めを、果たすようなムーヴをしているからだろう。

くくく……すっかりだまされているな、俺の計画とも知らずに！

「領地内のこと、全部お前に押しつけてすまなかったな……」

「ノア様……！」

サラが顔を赤くして、感激したみたいになる。
よしよし、いいぞいいぞ。
一方で部屋の隅にペットが二匹いる。
白い猫の、ロウリィ。
黒い犬の、ナベリウス。
それぞれ魔神と悪魔なんだが、今は俺のペットというか下僕的存在だ。
アニマルズが、ひそひそ話す。
『ナベちゃんこれどう思うー？』
『どう見ても無能ムーヴ』
『そっすよね～』
サラはうなずいて、俺に言う。
「わかりました、ノア様。わたくし、領地内の困りごと、調べて参ります！」
「任せたぜ、愛《いと》しのマイエンジェル……」
「ノア様……」
『はいはい、さっさと出てった出てった～』
ロウリィがぐいぐい、とサラの脚を体で押す。
ばたん、と扉が開く。

ぽんっ、とロウリィが人間の姿になる。

白い髪に猫耳、まあツラのいい女だ。

「んで？　どーしたんすか、急に、領民達の困りごとを解決するなんて」

「おまえこそ、どうした急に、人間の姿になって」

「べ、別に良《い》いでしょ。そーゆー気分なの。別にサラ様に対抗してるわけじゃねーっすから」

「？　まあいい。愚かなペットどもに教えてやろう……これは」

「『無能ムーヴでしょ（だろ）？』」

「な、なぜわかったし！」

やれやれ、とロウリィ（人間体）がため息をつく。

「んで今日はどんなクズいことするんすか、それとも、ゲスいことするんす？」

「バッカ、そんなのもう遅いんだよ」

「どゆことっすか？」

俺はペットどもに、考えを披露する。

「俺は、良《い》いことをするぞ、ロウリィーーーーーー！」

「ふーん」

「いやふーんって……リアクションくれよ……！」

さみしくなっちゃうでしょうが！

黒犬がぽん、と音を立てて、こっちも美少女に変化する。

黒い髪に犬耳の、少々ワイルドな印象を与える女だ。

悪魔ナベリウスが人間になった姿である。

「良《い》いことなら今まで散々してきたではないか？」

「そーすよ、魔族とかモンスター倒したり、誘拐されそうになってる皇子たすけたり」

たしかに、この悪魔の土地に来てから、結構いろんなことやった。

なんかいいこともたくさんやった。しかーし！

「ばっか、それは結果的にはだろ？　つまりだ、俺が無能ムーヴ……悪いことをしようと企《たくら》んで実行すると、全部大成功してしまう」

そこで！

「逆に！　あえて、良《い》いことをする！」

「「…………」」

「無能ムーヴするから成功するなら、有能ムーヴすりゃ、その裏で失敗するって寸法よ！　どうだ！」

ナベリウスとロウリィは、一歩俺から引いたところで、ひそひそ語る。

「ひょっとして……バカなのでは？」

「そっすよねぇ、愚かというか……」

「あ？　文句あるの？」

「「いえ、別に～」」

ペットたちは異論ないようだった。

「くく……見ていろよぉ、善行をなすことで、逆に失敗を招いてやるぜぇ！」

失敗、かーらーのー、失望！

そうすりゃ無能王子に逆戻りってわけだ！　勝ったなガハハ！

「このあとの展開が容易に想像できるのだが……」

「奇遇っすね。わたしもっす」

★

俺は婚約者サラと人間姿のロウリィと一緒に、アインの村へとやってきた。

現在、アインの村は、かつてのようなオンボロ寒村ではなく、外壁のある立派な都市となっている。

「んで、なんでついてくるんだよろりえもん？」

「べっつにー。別に二人きり出かけるとかそれデートじゃんとか思ってないっすよ～」

意味のわからんペットだな。

サラはアインの村の、外壁へと、俺を連れてきた。

「この壁なのですが、モンスターからの攻撃を受け続け、劣化しているのです」

外壁を見上げる。確かに細かい傷や、こげた痕が目立った。

「元々盗賊だったあの大工集団が、作ったんだっけ、これ？」

「そうですわ。ただ、この村は奈落の森《アビス・ウッド》にほどちかく、モンスターの襲撃を頻繁に受けるのです。そのたびに修繕はしてるのですが……」

今も村の大工連中が作業してる。

彼らの顔には若干の疲労の色が見て取れた。

「よーは、モンスターがうざいのと、この壊れかけてる外壁を直して欲しいわけな」

俺は右手で壁を触る。

すると、壁に光の時計盤が出現。

針が逆回転していくと同時に、壁の傷が戻っていく。

「す、すごいですわ！　外壁がまるで新品同様に！」

サラが驚愕《きょうがく》する一方で、ロウリィがいつも通り言う。

「ガルシア皇子の犯人捜しに使った、時間巻き戻す魔法っすか？」

「そう。あれ、物体を対象にすることで、物体の時間を戻し、こうやって新品同様にすることができるのよ！　どうだい、サラ？」

サラは思った通り、目をキラキラさせて俺を見てくる。

「さすがノア様ですわ！　すごすぎます！」

「ふふ……だろう？　いって……なんだよロウリィ」

ろりえもんのやつ、俺の足をぎゅーっと踏んづけていた。

「イチャつくのは問題を解決してからにしてもらいたいっすね。あとモンスターでしょ？」

「そうですわ。ノア様が前にボスを倒したことで、一時的にモンスターの発生が抑えられてました。ですが、最近はモンスターが人里へと下りてくるのですわ」

ボスがいなくなったことで混乱していたけど、しばらくしてまたモンスターどもが調子に乗ってきたってところだろうな。

「任せろ、このノア・カーターが、領民達の代わりに、モンスターの脅威を払ってやろう」

「ノア様……素敵……」

「ふっ……いってぇ！」

ロウリィがまた思い切り、俺の足をふんづけてきた。

「ほら、いきますよ。あ、サラ様は森の中危ないんで、待っててくださいね」

ロウリィのヤツが、俺の腕を掴《つか》んで、森へと引っ張っていく。

「んだよロウリィ、さっきから」

「それはこっちのセリフっすよ！　なんすか、サラ様と、見せつけるようにイチャイチャイチャイチャと……」

　ぷくっ、とロウリィが頬を膨らませて言う。

「いい人アピールよ。ほら、いつも通りの無能王子っぷりをすると、逆に成功しちまうだろ？　なら逆に有能王子……つまりいい人を演じることで失敗の確率を上げようかなって」

「なるほど……婚約者を大事にするいい人ってことっすね」

「そゆこと」

　にこっ、とロウリィがいい笑顔をすると……。

「ばっかじゃねーの」

「おいいいいいいい」

　褒める流れじゃ無かったのかよ！

　ロウリィのやつ、笑顔から一転して、不機嫌そうに頬を膨らませる。

「おまえ何キレてるの？」

「……ノア様もね、一応王族っすよ。婚約者は、居ても悪くないって言うか……サラ様いいひとだから、まあ別にいいけど……でもっ、でもっ、わたし的には、わたし以外の女とイチャイチャしないでほしいんっすよっ」

　ロウリィが顔を赤らめて、切れてる理由を語る。

「ロウリィおまえ……」

「うう……恥ずかしい……大胆告白してしまった……これは気づかれても仕方ない……」

「カルシウム、足りてないのか」

「死ね！　アホ王子ぃいいいいいいいいいいいいいいいいい！」

ろりえもんのやつが竜の姿になって暴れ出したので、風魔法、風重圧《エア・プレッシャー》でお仕置きしておいた。

ややあって。

俺たちは森の中心へとやってきた。

「んでどーするんすか？　モンスターの発生なんて、止められるわけないっすよ。自然発生するんだから」

モンスターはほっとくと、大気中の魔素（魔力の源みたいなもん）から、勝手に発生してしまう。

「逆に考えるんだ、発生させちゃってもいいやと」

「はあ？　じゃあ出てくる魔物は放置するってこと？」

「発生原因を取り除けないなら、出だしを潰すだけだろ」

ぱんっ、と俺は柏手《かしわで》を打つ。

その瞬間、巨大な魔法陣が地面に展開。

直後、ずぉ……！　と白い塔が森の中に突如として発生した。

「なんすかこの、白い巨塔は？」

ふっ……よくぞ聞いてくれた。俺は、考えていた名前を自信たっぷりに言う。

「【魔物絶対殺す塔】！」

「ノア様って前から思ってたけどネーミングセンス皆無っすよね……ぎゃっ！」

俺は人間姿のロウリィの、尻尾を思い切り摑《つか》む。

「しゃー！」

ロウリィが俺に飛びついてくるが、ひょいっと避ける。

「尻尾やめて！　敏感なんだから！」

「ほほう、良《い》いことを聞いた。あとでたっぷり可愛《かわい》がってやろう。くくく……」

「え、エロいことはダメっすからね！　昼間は！」

猫を無視して俺が言う。

「ロウリィくん、ちょっと白竜の姿に戻ってみてくれたまえ」

「え、いいっすけど……」

ぽんっ、とロウリィが、魔神（白竜）の姿になる。

その瞬間……。

キィイイイイイイン……

白い巨塔が、輝きだしたではないか。

そして……。

ピチュンッ……！

『ふんぎゃぁああああああああ！』

塔の先端から、レーザーが照射される。

それがロウリィのお尻に当たると、悲鳴を上げた。

「魔なる物たちの存在を感知すると、迎撃用レーザーがでる仕組みだ」

ロウリィは人間姿に戻る。

「先に！　言えや！」

「まあ見ての通り威力は弱いがな」

ロウリィを一撃で消し飛ばせないし。

「でも魔神のわたしにダメージを与えるってことは、大抵のモンスターはワンパンできるってことっすよね」

「そーゆーこと。強すぎる敵が出てきたら、ま、四バカ四天王がなんとかするだろ」

四バカ四天王とは、騎士団長、魔導師長、勇者、魔王の四人のバカどものことだ。

俺はロウリィとともに、白い巨塔をあちこちに作る。

「でもこんな魔法術式、あったっけ？」

「あ？　俺が開発したオリジナル魔法なんだから、存在するわけないだろ」

「なるほど……腐っても賢者っすね。　さすが闇の賢者」

ピチュンッ……！

「ふぎゃぁあああああああああああ！」

「ちなみに俺の意思でレーザーを照射することも可能なのだよ、　ロウリィくん」

「お尻！　お尻が二つに割れたぁあああああああああ！」

「ふははは！　ではサラに報告しに行こう！」

★

「「「さすがです、　ノア様！」」」

アインの村に戻ると、　サラと領民達が、　俺の帰りを待っていた。

魔物退治用の装置を作ったって言ったところ、　みなが大喜びした次第。

くくく……ここだ。

ここでしょ？

このタイミングでしょ……何か失敗するとしたら！

しかし……。

「いやはや、　さすがノア様でございます！」

「モンスターを一撃で倒してしまう装置を作ってしまうなんて！」

「しかもこの世に存在しない魔法だって、すごい、ノア様すごい！」

あれれれ〜？　おかっしいぞぉ？　なんか、普通に、賞賛されちゃってる〜？

「そりゃそーなるっすよ」

ふぅ、とロウリィがため息をつく。

「そりゃ良《い》いことしたんだから、みんな喜ぶし、有能ムーヴしたんだから、成功するに決まってるでしょ？」

「え、え、うそ？　だ、だってだって！　無能ムーヴしたら成功しちゃうんだから、有能ムーヴすれば失敗するってなるじゃん！　思うじゃん！」

「有能ムーヴするんだから成功するに決まってるでしょ？」

なんてこった！

くそっ！

なぜ、俺はこんなに、何をしても成功してしまうんだ！

「ちくしょおおおおお！　どうしてこうなったぁああああああ！」

「強いて言えば、ノア様がアホだからっすかね」

★

ある日のこと、俺の部屋にて。

「ロウリィ……」

「なんすかノア様」

俺は、人間姿のロウリィとチェスを指してる。

ことん、と俺がポーンを前に進める。

「俺さ、最近思うんだ。俺、どこで間違えたのかなって」

ことん。

ロウリィはナイトのコマを持ち上げて、前に進める。

「最初からじゃないっすか？」

ことん。

「最初からって？」

ことん。

「この領地に着いたことからっすね。はい、チェック」

「うぐ……」

「ほらほら、どうしたんすかー、ノア様。え、動ける場所あります？　ないっすよねー」

にやにや、とロウリィが小馬鹿にしたように、笑ってきやがる。

『わたしの勝ちっすね〜。約束通り、勝った方が何でも言うこと、聞いてもらうっすからね』

「ぐ、ぎぎ……！」

チクショウ！　ペットの分際で！

主人に勝とうとしやがって！

「ま、待った！」

「待ったもへちまもないっすよー。さぁて、何してもらおうかなー。くふふ♡　じゃーあー、デートでも、してもらっちゃおうっかなー」

「…………」

「あ、別にね、わたしは罰ゲームとかどーでもいいんすけどねー。ただまあ、勝っちゃった以上、ね？　ほら、罰を考えなきゃだし？　まあ別にね、特にデートにいきたいわけでもないっすけどぉ、罰ゲームだからほらぁ」

「そぉおおおおおおおおおい！」

俺はチェス盤を摑《つか》んで、ひっくり返す。

「あー！　ノア様なにするんすかぁ！」

猫尻尾を立てて、怒りを表現するろりえもん。

「はい、これで勝負無効です！」

「きたねえ！　わたしが勝ったじゃないっすかぁ！」

「がはは！　チェックメイトを宣言してないから勝敗はついてないのだ！」

「くっそ！　じゃあもう一勝負っす！　最初からやり直しっす！」

ん？

んんっ？

最初から……やり直す……。

「そ、それだぁ！」

「へ、何がっすか？」

落ちたコマを、俺とロウリィが手分けして集めながら言う。

「つまりさ、やり直すんだよ、最初から」

「いやだから意味不明っすよ。やり直すってなにを？」

「俺がここに来たときから、全てをやり直す！」

「ふぁ……!?　どゆこと？」

ちっ、理解の遅いペットだな。

「つまりだよ。俺がこんなふうになっちまったのは、この領地に来る前に、リスタに実力がバレちまったからだろ？」

「あー……領地就任初日のことっすね。たしか、火山亀っていうSランクモンスターをノア様が倒して、それを領民であるリスタに見られた」

「そう。そこから、領民に俺の力が芋づる式にバレちまった。裏を返せば、その段階で力を見られてなきゃ、俺は王都に居たときと同様、無能王子ってことで居られたはず！」

そこに気づくとは……もしや、天才？

「ノア様ー。それはちょっと……」

「とにかく！　俺は過去に戻る！　そんで、あの惨劇を……回避するのだ！」

ぱんっ、と俺が柏手《かしわで》を打つ。

地面に光る時計盤が出現した。

「これ、たしかガルシア皇子暗殺未遂事件の犯人を探すときにつかった」

「そう。時間遡行魔法！　時よ、戻れぇええええええええい！」

その瞬間、魔法が発動する。

時計の針が逆回転していき、時間が戻っていく。

「つまりこれから、ノア様が初めてここへ来た日に戻って、リスタに力を見せなかったっていうふうに、過去を変えるってことっすか？」

「その通り。さすがロウリィ、俺のことよくわかってるね？」

くくく……さすが俺の相棒だぜ。

しかしなんでだろうか、あきれかえったような顔を俺に向けてくるぞ？

「ええ、わかってるっすよ。この先の展開、どうなるかも、だいたいね」

なん……だと……？

「おまえまさか、時の神だったのか？」

「はいはい。あ、そろそろつきますね」

★

俺たちがやってきたのは、過去の世界。

ロウリィ（猫姿）と一緒に、カーター領にある森の中へとやってきた。

茂みから、俺はリスタのいる……アインの村の様子を見ていた。

「確か勇者の結界がきれかけてるんだったな」

『そっす。んで、リスタは村人を守るために囮《おとり》になるんす』

俺たちが待っていると、リスタが村から飛び出る。

『ノア様、これからどーすんの？』

「過去の俺がリスタを助ける前に……今の俺が助ける」

『は……？　今のノア様が……？　どゆこと』

俺はロウリィの首根っこを、ひょいと摑《つか》む。
『へ？』
「合体！」
『ちょっ……!?』
俺はロウリィを、自分の胸に押しあてる。
その瞬間、俺の体と、ロウリィの体とが重なり合う……。
カッ……！
真っ白に体が光ると……。
俺とロウリィが、一体化した。
黒い俺の髪の毛は、長く。
普段着は、白いタキシードのように。
そして頭から、猫の耳と尻尾が生える。
「完成！　ノア・カーター魔神合体形態《ホワイトメシア・モード》」
『なんすかこれれぇええええええ!?』
ロウリィの声が体のうちから聞こえてくる。
やつは存在が消えたんじゃ無くて、俺の中に入ってる、同化してる状態なのだ。
「あん、知らないの？　【霊装《れいそう》】」

『霊装!?　って、霊的な存在と、人間とが一体化するっていう、あの究極奥義!?』

「究極奥義かどうかはしらんが、ま、変装だよ変装」

『いやいやいや！　あのね、霊装って、人間じゃまず習得不可能な超絶奥義なんすよ!?　神すら殺せる力を得る技を……ただの変装のために使うなんて……！』

「普通の姿で助けたんじゃ、リスタが俺と気づくからな」

　ふわり、と俺の体が地面から浮く。

『霊装……つまり擬似的に神の力を手に入れる技術。今のノア様は、神』

「そ。俺《ノア・カーター》が助けたんじゃなくて、神が助けた。そーすりゃ、俺をあんなに、領民どもが祭り上げることはないだろ」

『なる……ほど？』

猫耳、長い白い髪、猫尻尾の生えた今の俺を、一体誰がノア・カーターだと思うだろうか。

『わ、わたし……ノア様と一体化してる。擬似的な、せ、せっく……きゃー♡』

「いくぞ！　ロウリィ！」

俺は全力で飛び上がると、そのまま凄《すさ》まじい速さで空を飛ぶ。

浮遊魔法？　いやそんなちゃちなもんじゃあない。

今の俺は、文字通り神。

人間の物理法則から解放されているため、空を駆けるくらい、魔法を使わずとも行える。

「ガメェエエエエエエエエエ！」

巨大なモンスター……火山亀が、リスタに近づいていく。

リスタの前に……俺が立つ。

「あ、あなたは!?」

ここはファーストシーンだ、びしっとかっこよくいくぜ！

「俺は……神だ！」

『ノア様、闇でてるよ闇』

昔の俺はちょいとやんちゃしてて、闇の大賢者と名乗っていた時があったのだ。

その頃の名残があるみたいだな。まだちょっと。

俺は右手を前に突き出す。

火山亀が、その場から動けなくなった。

「控えろ魔獣。神の御前である」

『す、すげえ……相手が完全に、神の姿のノア様にびびってるっす……』

「ふっ……神にひれ伏してしまうのは仕様がないな」

その瞬間、火山亀がまるごと消滅した。

『なにしたんすか!?　魔法でも!?』

「え、ただの笑っただけだぞ」

『笑ったときの吐息……つまり、神の吐息《ゴッド・ブレス》。それは超高度な神聖魔法……すげえ、それを儀式も何もせず、ただ笑うだけで使うなんて……』

さて、これで火山亀は消滅したな。

ちら、と俺は振り返る。

「大丈夫かい、お嬢さん」

きらんっ、と白い歯。

『か、かっこい……じゃなくて、なんすかそのキショい演技』

「神っぽさを演出しておかないとな」

ぽっ、とリスタが頬を赤く染める。

「あ、あなたは？」

「俺は神……そう、ゴッドノアだ！」

「ゴッドノア様！　素敵！」

『相変わらずセンスの欠片《かけら》もない……』

うっさいわ！

俺はロウリィと合体した状態のまま、リスタに言う。

「この神が居る限り、この領地は一生安泰だ！　俺をたたえよ！」

「はい！　わかりました、ゴッドノア様！」

よぉうし！　これで、リスタは、ノア・カーターではなく、ゴッドノアを信仰するようになるぞぉ！

「さらばだリスタ君！」

「はい！」

俺はリスタに手を振って、その場から離れる。

くくく……！

やったぞ！　大成功だ！

過去が……変わったぞぉ！

★

「お帰りなさい、ダーリン♡」

「『ふぁ……!?』」

時間魔法を使って、過去から未来へと帰ってきた。

俺を待っていたのは……頬を赤く染めた、リスタだった。

「お風呂にします？　それとも、わ、た、し♡」

「いやいやいやいやいや！」

リスタが完全におかしかった！

前は俺の信者だったのに！　今はなんか……。

『なんでこんな、ベタ惚《ぼ》れなんすか!?』

『なんだ、おまえらどこいってたんだよ』

部屋の隅にうずくまっていたのは、黒犬の悪魔ナベリウス。

「ナベ！　どういうことだ！　なんでリスタがこんなメロメロなんだよ俺に！」

『？　初めからノア様とリスタは、そういう感じだったじゃないか』

「なんだと!?」

ナベリウス曰《いわ》く……。

あのとき、ゴッドノアがリスタを助けた。

だがすぐに、ゴッドノア＝ノアと、バレてしまったらしい。

「なんで!?」

「わたしの目はごまかせませんよ！　すぐにわかりました。ゴッドノア様……あれは、変装したノア様だって！」

『え、つまり……リスタを直接、あんなふうにキザっぽい助け方したから、元の歴史以上に、ノア様のこと惚《ほ》れちゃったって事？』

そういえば一度目の時、俺は直接リスタを助けたわけじゃなかった。

しかし、二度目ははっきりと彼女を、カッコよく助けた。

「あなたぁん♡　好き好き〜♡」

「ぎゃぁあああああああ！　ろ、ロウリィ！　ナベリウス！　へるぷみー！」

リスタがすんごい力で俺を掴《つか》んで、寝室へと連れて行く！

「何を恥ずかしがってるのですか？　わたしたち……夫婦じゃないですか……きゃっ♡」

「えええええ!?　しかもなんか結婚してることになってるぅううううう！」

助けてろりえもん！

『つーん。よかったねー、婚約者に加えて妻までできてー。つーん』

「ぎゃぁああああああ！　どうしてこうなったぁああああああああああ！」

★

領主の館、俺の部屋にて。

「『はぁ……』」

俺と白猫のロウリィは、お互いにため息をつく。

「情報を、整理しよう。まず過去改変についてだが、これはほぼ【一巡目】と同じ歴史を辿《たど》っているらしいな」

一巡目、というのは元の歴史（時間軸）のことだ。

ちなみに、俺たちが今居る、リスタを助けたことによって分岐した歴史を【二巡目】と呼ぶことにする。

『二巡目の悪魔《ナベちゃん》やセバスさん達領民に聞いたんで、間違いないっすね』

「次に一巡目の記憶についてだが、覚えているのは俺とロウリィだけで、ほかの奴らは覚えてない……まあ、ほぼ二巡目と同じ歴史なんだが」

ちら、と俺は隣の壁を見やる。

『決定的に違うのは……あれっすね』

ちら、とロウリィもまた、俺と同じように壁を見る。

俺たちは部屋を出て、隣の部屋……つまり、俺の寝室へと向かう。

がちゃ……と控えめに扉を開き、俺とロウリィは、揃《そろ》って顔だけで、中を見やる。

「ふんふんふーん♪　ノア様～♡」

中にいるのは、領民のリスタ。

彼女は二巡目の世界において、俺と結婚している扱いになっている。

しかも……。

「リスタ様。お腹《なか》のお子様の様子は、どうですか？」

リスタの前に、サラが微笑《ほほえ》んで座っている。

「ええ、順調に大きくなってますよ。ノア様とわたしの間に出来た、赤ちゃん♡」

そう……リスタのお腹《なか》は、ぽっこりと膨らんでいる。

そして……あろうことか、それは俺とリスタの間に出来た、子供であるらしい。

ずしゃ……！

『の、ノア様！　だいじょーぶっすかぁ！』

崩れ落ちる俺の肩を、ロウリィが揺する。

へ、へへ……。

「おわりだぁ～……おわりだぁああ…………」

俺は廊下に、仰向けに倒れる。

子供……子供ができちまった。

しかも、よりにもよって、リスタとの間にである。

「もうおわりだよぉ～……結婚だけならまだしも、子供ができちゃったら……もう……サボれないじゃないかぁ～……」

止《と》めどない涙が俺の頬を伝う。

「結婚は人生の墓場……しかも、子供なんて出来た日にゃ、サボることはもう許されない。毎日、家族のために、真面目に一生懸命働かなくちゃいけない～……やだぁ～……」

俺は両手で顔を覆って、おいおいと泣く。

子供。これはくさびのようなものだ。

これがある限り、俺はもう、一生無能王子じゃ居られない……。

「もうおしまいだぁ～……俺は、俺はもう……うわぁああああん……！」

と、そのときだ。

『ばかー！』

ふにっ……。

白猫姿のロウリィの猫パンチが、俺の頬にふにっと当たる。

『ノア様のばかちん！　何勝手にあきらめてるんすかぁ！』

ロウリィが人間に変身して、仁王立ちになって、俺に言う。

「なにあっさりあきらめてるんすか！　あんた、何度無能ムーヴやっても、こりずに、あきらめずに、トライし続けたじゃないっすか！」

「だってだってぇ～……」

俺は三角座りして、指をツンツンと、体の前でつつく。

「もう俺、結婚して、しかも子供まで居るんだよぉ？　もう働くしかないじゃん……」

「ばかっ！　もう一度過去に戻って、歴史を修正すればいいじゃないっすか！」

そ、そうか……！

その手が……いや、でも……。

「ロウリィ……そうすると、この二巡目の世界はどうなる。俺の子は……どうなるんだよ」

リスタの腹の中には、今、俺の遺伝子を継いだ子供が居る。

歴史を修正したら、その事実はなくなる。

つまり、世界から俺の子がいなくなる。

「ノア様」

ロウリィは慈母のような微笑《ほほえ》みをうかべて、尻尾で俺の頭をなでる。

「よく考えてください。狂信者《リスタ》と馬鹿《ノアさま》の子供ですよ？　そんな、悲しきモンスター……この世に生まれるだけ、不幸だとは思いませんか？」

「た、たしかにぃ～……」

ロウリィは満足げにうなずいて言う。

「変えちゃいましょ、歴史。気軽に」

ね……とロウリィが優しく、まるで聖母のように微笑《ほほえ》む。

そうだ……そうだよ！

俺は何をあきらめかけていたんだ！

こんなの……俺らしくない！

「変えちゃうか……歴史、気軽に！」

俺は立ちあがり、柏手《かしわで》を打つ。

地面に、時間遡行の魔法陣が展開する。

時間が、巻き戻りはじめる。

「ありがとな、ロウリィ。でもおまえ、今日はどうしたよ。いつも俺のすること、やめといたほうがいいって止めるのに」

するとロウリィは頬を染めながら、そっぽを向いて言う。

「べ、別にぃ？　ただ……ノア様がほかに女作って、しかも子供までこさえてるのが耐えきれなくなったわけじゃ、ないんだからね！　勘違いしないでよね！」

「おう、わかった。別におまえが俺のこと好きで、ロウリィ以外の女と結婚し、子供を作ったことに嫉妬したわけじゃないんだな。ありがとう！」

「それはそれでなんかムカつく！」

かくして、俺たちは再び、歴史の分岐点である、過去の世界へと向かったのだった。

★

【俺《ノア》】が、歴史を変えようとした地点まで戻ってきた。

そこには、もう一人の【俺】が茂みに隠れていた。

「よぉ、俺」

「うぉっ！　なんだよおまえ……って、俺か？」

もう一人の【俺】が俺を見て驚く。

そう、この時点においては、ノア・カーターは三人居る。

一人は、元々の時間軸の俺《ノア》。

もう一人は、歴史を変えようと、一巡目の世界からやってきた【俺】。

俺は【俺】に言う。

「手短に言う。歴史は変えるな。とんでもないことになるぞ」

リスタと結婚して、子供をこさえるエンドになることを説明する。

「ぜっっっっっっっってえやだ！」

【俺】は首をブンブンと振る。それどころか、地面に仰向けに寝て、まるで赤ん坊のようにジタバタとしている。

　わかる、わかるぞその気持ち！

「だろ？　悪いこと言わん、元の世界に帰れ」

「で、でもよぉ……前の世界も俺、あんまり好きじゃない……」

「リスタとおまえ結婚したいのか？」

「かえりまーす！」

【俺】は歴史を変えることなく、ロウリィと一緒に、一巡目の世界へと戻っていった。

よし、これで【俺】が歴史を変えることはなくなり、俺もまた元の世界に……。

「見つけましたよ、ノア様！」

その瞬間、周囲に激しい爆発がおこる。

とっさにバリアを張ってそれを防いだ。

爆風が晴れると……。

上空に居たのは……。

「「げぇ!? リ、リスタぁ……！」」

そう、あろうことか、二巡目の世界のリスタが、そこには居たのだ。

「ば、馬鹿な！　おまえは、元の世界線に置き去りにしてきたはず！」

「追い掛けてきたんです、ノア様……」

ゆらり、とその手を横に伸ばす。

「あ、あれは！　聖剣ファルシオン！　ノア様が剣聖時代に、使ってた武器っすよ！」

ファルシオンの野郎！　リスタに味方するつもりか！

【ええ、もちろんです！　ノア様の子供……つまり！　わたくしにとっては孫も同然！　殺させるわけにはいかないのであります！】

「くっ……！　ファルシオンはノア様のオカンみたいなもんだから、歴史を変えて孫が居なかったことにされるのが、嫌だったんすね！」

なんてこった……。

馬鹿《リスタ》が、最強兵器《ファルシオン》を連れて、やってきやがった……！

「ノア様……大人しく、帰りましょう。元の世界に……」

ちゃきっ、とリスタが聖剣を構える。

「やなこった！　俺は戦う……正しい歴史を守るために！　過去を変えるなんて間違ってる！」

俺は拳を握りしめ、構えを取る。

「す、すごい……ノア様が王道タイムリープＳＦ作品の主人公みたいなこと言ってるっす……」

俺とリスタが、お互いにジャンプする。

「「うぉおおおおおお！」」

俺の拳と、リスタの聖剣が途中でぶつかり合う。

衝撃波が周囲に広がり、奈落の森《アビス・ウッド》の木々をぶっ飛ばす。

「ほぎゃぁあああああああ！」

余波でロウリィが吹っ飛びかける。

俺とリスタは激しく打ち合う。

がきんっ！　ががっ！　どがっ！

きんきんきんきんきんきんきんきんきんきんきんきんきんきんきんきんきん！

「す、すげえ……リスタがノア様と互角に打ち合ってる……これが聖剣の力……」

「わたしは負けない！　守るべき命が……このお腹《なか》にはいるから！」

「俺だって！　守るべき大切な日々がある！　おまえの私利私欲で、過去を変えさせるものかぁああああああ！」

「特大ブーメランだけど……かっけーノア様！」

ガキンッ！　ががが！

ずがががががっ！

ややあって。

「おかしい……これ、おかしいっすよ……」

俺とリスタとのバトルはまだ続いている。

周囲には木々の一本もなく、砂漠になっている。

「いくら相手が聖剣を装備してるからって、ノア様が苦戦なんてするわけ……ハッ！　ま、まさか……」

ちっ……ロウリィのヤツ、余計なことに気づいたようだな。

「ノア様……本気が出せないんすね。リスタのお腹《なか》に、子供が居るから……」

「ちっ……！」

歴史を変えるとは言え、ガキを殺すわけには……いかない。

そうなると、普段の戦いができない。

「ノア様……わたしも戦うっす！」

ロウリィは構えを取ると、スキルを発動させる。

「まずは相手の弱点をさぐるっす……鑑定！　……って、えええええええ!?」

「どうしたロウリィ!?」

がきんっ！　ききん！

きんきんきんきんきんきんきんきんきん！

「ノア様たいへんだ！　リスタは……妊娠してない！」

……。

………………。

………………へ？

「【妊娠してないぃいいいいい!?】」

俺とファルシオンが叫ぶ。

聖剣は動揺してるのか、リスタへの力の供給が途絶える。

「どういうことだよ!?」

「ノア様、想像妊娠って知ってるっすか？」

ああん？　想像妊娠だぁ……？　たしか自分が妊娠してるって思い込むことで、つわりなど、本当に妊娠してるような症状を起こすってヤツ。動物とかでよく見るあれだろ？

「リスタは自分が妊娠してるって、思い込んでるんす！」

びしっ！　とロウリィがリスタの腹を指で指す。

「そ、そんな！　で、でも……！　わたしのお腹《なか》は、実際に膨れてるじゃないですか！」

慌てて反論するリスタだったが、ロウリィは首を振る。

なんだかちょっと勝ち誇っているような顔だった。

「あんたの思い込みは常軌を逸してる。想像妊娠で、お腹《なか》までぽっこりさせるほどに」

「……つ、つまり、あれか？　妊娠は……嘘《うそ》って事か？」

ぱり……ぱりぱり……。

「の、ノア様の体から、恐ろしいほどの魔力が！」

「ふ、ふ、ふざっけんなぁあああああああああああああああああああ！」

怒りによって魔力が解放。

周囲に居たリスタとファルシオンを、次元の向こうへと吹き飛ばす。

あとには、俺とロウリィだけが残った。

「あーーもう！　心配して損した！　ちくしょう！　さっさと帰るぞロウリィ！」

「う、うん……あ、でも、奈落の森《アビス・ウッド》なおさないと……」

「はいはい指ぱっちん！　はいこれで直りました！　はい撤収しますよー！」

ロウリィが俺の肩に留まる。

元の時間軸へと戻るため、魔法を使って未来（一巡目）へと向かう。

「あーあ！　時間の無駄だった！」

「ほんとっすよ！　もう二度と過去改変なんてやらないでねノアッチ！」

「おうよロリッチ！　なんだかんだで、元の世界線が一番だったな！」

「まったくっす！」

★

こうして、俺は元の世界へと戻ってきた。

つまり、過去改変の行われてない世界。

「はぁーあ。どっと疲れたな。少し寝ようぜロウリィ」

「そっすね～♡」

ロウリィは俺の肩に頭を乗せて、すりすり、と頬ずりする。

「んだよ、やけに上機嫌じゃん」

「べっつにー♡」

やれやれ、無駄な時間旅行だったぜ……。

と、寝室へと戻ってきた、そのときだ。

「おかえりなさい、お父様」

「「ふぁ……!?　お、お父様ぁ……!?」」

寝室には、一人の女が立っていた。

くすんだ金髪のそいつは、どこかリスタの面影を感じる。

短めの髪をポニテにしており、ちょっと活発なイメージだ。

「ど、どちらさま……?」

「ボクはリスコス。二巡目の世界で、お母様……リスタ母さんが産んだ子供さ！」

「「なっ、なんだってぇえええええ!?」」

何を馬鹿なことを!?

「ありえない！　だって、想像妊娠だったんすよ!?」

「そうだぞ！　しかも、どうやって二巡目の世界から一巡目の世界に来たんだよ！」

リスタの娘……リスコスは、うなずいて言う。

「お父様を失った悲しみは、それはそれは大きなものでした。その結果、お母様は悲しみのあまり、今まで以上の思い込みをするようになったのです……それこそ、存在しない子供を、ゼロから生み出すほどに」

「「こえぇええええええええええええ！」」

もうなんだよあいつ！

本物の化け物かよ！

「あいたかったよ……ノアお父様！」

リスコス……俺の娘（仮）は、俺の体に抱きつく。

俺と……そしてロウリィは、青い顔をして叫ぶ。

「「どうしてこうなったぁああああああああああああああ！」」

2話　第七王子は生き別れた娘を受け入れる（強制的）

ある日のカーター領。

俺の部屋には、金髪の女がいる。

どことなくリスタに面影を残す、そいつは……。

「ノア様とリスタとの、娘？　ノア様は、いつの間に、こんな大きな女をこさえたんだ？」

黒犬ナベリウスが、人間の姿で首をかしげる。

その肩に座っているのは、白猫ロウリィ。

『どうやら二巡目……別の世界線のリスタが、思い込みで妊娠出産したようっす』

「この領地化け物しか居ないな……」

ほんとそれな！

ペットどもが雑談する一方で、俺は考えていた。

「リスコス……おまえ、何しにここへ来たんだ？」

リスコス。

自称、俺の娘。

年齢は十五歳……つまり同年齢（タメ）だろう。

リスタと違って、短い金髪。

そして黒い瞳は……俺の面影を感じさせる。

「もちろんっ、パパを連れ戻しにきたんだよっ！」

二巡目の世界線において、俺はリスタとなぜか結婚していた。

そんな恐ろしい未来を回避した結果、世界線が二つに分岐したらしい。

「俺はそっちに行く気はサラサラない。自分とこに帰れ」

「でも……でもでもっ！　ボク……パパにやっとあえて！　嬉《うれ》しいんだ！」

リスコスが俺の体に抱きついて、いやいやと首を振る。

『ぴぴー！　禁止！　浮気禁止ー！』

ロウリィが俺を、非難するような目で見てくる。

「あ？　おまえ何言ってるの？　浮気も何も、俺誰とも付き合ってねえし、こいつ娘だし」

『とーにーかーくー！　わたしの目が黒いうちは、浮気は許さないっすよ！』

しゃー！　とロウリィが牙を剝《む》く。

リスコスがしゃがみ込んで、白猫を見やる。

「じ～～～～～～～～～」

『な、なんすか……やんのか？　お？　ケンカっすか？』

しゅっしゅ、とロウリィがシャドウボクシングする。

「か、」

『か？』

「かわぃいいい～～～～～～～～～♡」

リスコスはロウリィをぎゅーっと抱きしめる。

『ふんぎゃぁあああああああああ！』

「可愛《かわい》いちょーかわいい！　この白猫すんごいかわぃよ～～～～～～♡」

めき……めきめきめき……！

『ノア様！　やばい！　こいつちょーパワーある！　魔神のわたしの体に、ダメージがっ！』

俺とナベリウスはその様子を見やる。

「なるほど、ノア様の遺伝子を継いでいるから、彼女は強いのか。魔神を傷つけるほどに」

「いや想像妊娠だから。遺伝子継いでないから」

「なにも精子だけが遺伝子情報じゃないだろ。たとえば髪の毛とか」

「髪の毛から俺の子を人体錬成したのか……やべえな二巡目リスタ」

『おぃいいいいいい！　無視すんなぁあああ！　助けるっすよぉおおお！』

リスコスが万力のごとき力でロウリィを、雑巾絞りしている。

「リスコス。放してやれ。雑巾になる」

「あ、ごめんよっ！　かわいくってつい……」

ぱっ、とリスコスが手を放すと、ロウリィが脱兎《だっと》のごとく逃げ出す。

『ノア様〜……たすかったっすぅ〜……』

白猫がおいおい泣きながら、俺の足下にやってくる。

「おお、ロウリィ。絞られた雑巾みたいになってるな」

『うえーん……ノア様〜……あいつわたしのこといじめたー……ぶっころして〜』

「物騒なこと言うなおまえ……」

ナベリウスが呆《あき》れたようにため息をつく。

しかし……ふぅむ。なるほど。

「よかろう、ロウリィ。俺が敵《かたき》を取ってやるぜぇ」

にやりと俺が笑う。

『のあしゃま……ちゅき……♡』

「おい目が♡になってるぞ。おまえ、そんなキャラだったか？」

『うっせーなナベちゃん！　わたしだってなぁ、恋する乙女なんだよぉ！』

「誇り高き魔神じゃなかったのか？」

ペットどもがじゃれ合ってるが無視する。

くく……娘がなんだ。

こいつもまた、利用してやるまでよぉ……！

「リスコス。おまえ、俺に、二巡目の世界にきて欲しいんだったな」

「うん！　え、パパ、戻ってきてくれるの！」

「ああ、良かろう……ただし！」

俺は娘に指を指して言う。

「俺と勝負して、勝ったらな！」

★

俺がやってきたのは、おなじみカーター領の隣にある奈落の森《アビス・ウッド》。

「なんだなんだ？」

「ノア様が集まれって」

領民たちが俺の前に集まっている。

「あー諸君。傾聴。今日から新メンバーが加わります。リスコス、みんなに挨拶しなさい」

「はいよー、パパぁ！」

天真爛漫《てんしんらんまん》な表情で、手を挙げて言う。

「ボクはリスコス！　パパの……ノア・カーターの娘さ！」

リスコスが馬鹿正直に自己紹介する。

ナベリウスはそれを見て、半笑いで言う。

「いや……さすがにそれを信じるわけ……」

「「はじめまして、リスコスちゃん！」」

『なんで受け入れてるんだよ！』

ペットどもがツッコミを入れる。

「だってノア様の娘だもんね」

「ノア様が娘って認めてるなら、ノア様の娘なんだよ」

領民どもがうんうん、とうなずく。

一方で、ナベリウスが声を荒らげる。

「いやその理屈だと、ノア様がゴリラを自分の娘だって言ったら、おまえらゴリラを娘だと信じるのか？」

「「え、もちろん」」

「頭おかしいんじゃないのか!?」

『あれ、ナベちゃん今まで気づいてなかったんすか？』

「いや知ってたけれども！」

くくく……領民達は馬鹿だから、リスコスが俺の娘だとすぐに信じるだろう。

そして……！

「実はリスコスは、俺を実家に連れて帰ろうとしてるんだ」

「「「な、なんだってー！」」」

驚愕《きょうがく》する領民達。

「つ、つまりノア様は……ここを出て行ってしまうということ!?」

「そんな！　嫌です！」

よしよし、これで準備オッケーと。

こそっ、とロウリィが近づいてくる。

『いず、でぃす、無能ムーヴ？』

「いえす、無能ムーヴ」

『おー……。ゆーあー……すてゅーぴっと』

「ロウリィ、すてゅーぴっとって？」

『最強天才ノア様まじすげえって意味っす』

なるほど！

俺に相応《ふさわ》しい言葉だな！

「さぁ、リスコス。俺を実家に連れて帰りたくば、力尽くで連れ帰るんだな！　悪いが……俺は手を抜かんぞ」

ぱきぱき……と俺は指を鳴らす。

「もちろん！　勝つのはボクだ！　来て、おばーちゃん！」

「『おばーちゃん？』」

その瞬間、上空に穴が開く。

雷鳴とともに現れたのは……。

「ファルシオンじゃねえか」

俺がかつて使っていた聖剣、ファルシオンだ。

『リスコス！　おばあちゃんですぞぉー！』

リスコスの手の中に、聖剣が収まる。

『どーやらあの聖剣、ノア様の母親気取りだから、その娘であるリスコスは、孫的に捉えてるよーっすね』

「もうどっからつっこんでいいのかわからん……」

ぐったり、とナベリウスが肩を落とす。

「おばーちゃん……力、貸して」

『もちろんです！　愛する孫のためなら！』

ファルシオンは光り輝くと、粒子へと変化。

それはリスコスの両手にまとわりつくと、手甲《ガントレット》へと姿を変えた。

『どういうことっすかノア様。聖剣？　変形したっすけど』

「ファルシオンは別名【万剣のファルシオン】。所有者がもっとも扱いやすい武器の形に変化させることができるんだよ」

　リスコスは剣よりも、拳の方が得意とみた。

　それでファルシオンはガントレットへと変わったのだろう。

「いっとくけどボク……強いよ？」

　ごぉ……！　と彼女の体から、黄金のオーラが噴出する。

『ほげぁえあああああああ！　すごすぎるぅうううううううう！』

　暴風はロウリィを吹っ飛ばそうとする。

　俺は白猫の尻尾を摑《つか》んで止める。

「ナベは影の中にすっこんでろ。消えるぞ」

『ノア様……お別れです……』

『ナベちゃんが消えかけてるっす！』

「リスコスのは神聖なる闘気……悪魔には毒だからな」

　俺はナベの尻尾を摑《つか》んで、影の中に収納する。

「こいよ、リスコス。俺は意地でもここを動かんぞ」

「でりゃぁあああああああ！」

　彼女が思い切り、拳を振るう。

　パァアアアアアン……！

と乾いた炸裂《さくれつ》音とともに……。

「ろ、ロウリィぃいいいい！」

魔神が、一撃で……消し飛んだ。

あいつ……いいやつだったのに……。

「ま、いっか」

『よくねえええええええええええ！』

真の姿である白竜の体で、上空に、ロウリィが居た。

「あ、生きてた」

『死ぬかと思ったわ！　細胞のひとかけらを、瞬時に再生しなかったら、死んでたっす！』

まあ生きてるならそれでいい。

『でも……リスコス、やばすぎる。魔神を殺すほどの力があるなんて……』

「ふっ……上等！　こい！」

「いくよぉ！　パパァ……！」

ちゅどーん！

どがぁあああああああん！

ずどどどどどどっ！

ちゅいーんちゅーん！

どがががががががががが！

『なんて迫力ある大バトル！』

『おいやめろ！　地形が！　この星の形が変わっちまう！』

ばごぉおおおおおおおん！

どぎゃぁああああああああん！

どっごぉおおおおおおおおおおん！

『やめてぇええええこわれるぅううううううううううう！』

★

「俺の勝ちだな、リスコス」

俺の足下に、大汗をかいたリスコスが倒れている。

「ぜえ……ぜえ……ぜぇ……」

虫の息の彼女を、領民達が遠巻きに見ている。

くくく……成功だ。

『結局今回は、どーゆー無能ムーヴだったんすか？』

「娘に暴力を振るう姿を見せつけて、領民達をドン引きさせる作戦よぉ……」

『わーさいてーだー』

しかもこの作戦、リスコスをボコボコにして追いかえす効果も望める。

領民達から娘をいじめる酷《ひど》い父親と思われて、リスコスはボコられてショックを受ける。

一挙両得の素晴らしい作戦……！

「「さすがです、ノア（パパ）様！」」

「ふぁ……!?」

倒れ臥《ふ》すリスコス、そして、領民達が、俺にキラキラした目を向ける。

「我らのために、ここまで死力を尽くしてくださるなんて！」

「え？　どゆこと？」

「カーター領を出て行く気はないから、戦ったんですよね？」

「しかもあんな強敵を……凄《すご》い力ではねのけるなんて……！　よほど我らを残して、この地を去りたくないってことですよね!?」

「この地に留まりたいから、自分の娘が相手だろうと、心を鬼にして戦ったということですよね!?」

いやなんでそうなるんだよ！

「パパは、すごいや！　やっぱりボクのパパは最強だったんだ！　すごーい！」

『父親が凄《すご》い人だってわかって、こっちはこっちでノア様への好感度爆上げっすね』

つ、つまり……。

俺が決闘なんて挑んだから、領民からも娘からも、好感度があがっちまったってこと!?

『わざわざ領民の前で決闘なんかせずに、追いかえせばよかったのに……』

『余計なことするからこうなるんだ』

「くっそどうしてこうなるんだよぉおおおおお!」

★

ある日、カーター領内にある、俺の部屋にて。

「ママぁ〜!」

俺の娘(仮)、リスコスが、母(仮)であるリスタに抱きつく。

「ママっ♡　ママっ♡」

こんなでかい女が、いきなりママってすり寄ってくる。

普通だったら、恐怖だよ恐怖。だがしかーし!

リスタって女は普通の女じゃねえ。

笑顔で、娘とかのたまうでかい女を、笑顔で、嫌がるそぶりゼロで受け入れている。

「ふふ……ノア様とわたしの娘……♡　たぁっぷり愛してあげますからね〜♡」

ふたりがきゃっきゃ、と楽しそうにする一方で。

俺と猫姿のロウリィは、ため息をつく。

「早く帰って欲しいんだけど……」

『二巡目の世界で、ノア様とリスタってどんな扱いになってるんすかね』

「あん？　どういうことだよ」

『だって二巡目の世界にも、ノア様っているはずでしょ？』

そりゃそうか。

二巡目は、世界線が分岐した世界だからな。

「俺を求めてやってきたってことは、なんかあったんだろ、二巡目のノアに」

『何かって、なんすかね？』

「さーね。全部捨てて逃げ出して、行方知らずとか」

『ありえるっすね……しかしむぬぬぬぬ』

ロウリィが渋い顔をする。

「なんだよ？」

『ノア様……いいんすか？　あの子、手元に置いといて』

リスタがリスコスの頭をなでる。

娘は笑顔になると、母の体に抱きついて甘える。

「よかねーよ。でも帰らないんだもん」

『帰らせてくださいよ！』

「いや俺の言うこと聞かないし」

『ノア様なら魔法でどうにかできるでしょ！　ぼーんって！　粉砕してくださいよ！』

「え……こわ……おまえ、そんな過激思想なやつだっけ……」

　すると側で控えていた黒犬ナベリウスが、はぁとため息をつく。

『ノア様、察してやれよ。この白猫、リスコスがいるの嫌なんだよ』

「あー？　なんで？」

『愛する男にどこの誰ともわからないヤツの子供がモガモガモガ』

　ロウリィが人間に変身し、手でナベの口を塞いでいた。

「ななっ、何言ってるんすかぁ！　わたしはただぁ！　わたしのことを雑巾絞りしたあの女が目障りなだけですぅ！　他意はありませぇん！」

『ぷはっ……素直になれば良いものを』

「だって……はずいし……」

　まあペットどもがじゃれついてるのはさておきだ。

「迷惑には変わりないな……ふむ……くく！　そうだ！　おいリスタ」

「はい！　なんでしょう！」

メイド服を着込んだ、金髪の女……狂信者……じゃなくて、リスタが俺の元へやってくる。

「確か、お前前に言ってたな。俺宛に、お見合いの話が結構来てるって」

「『お見合い？』」

ペットどもが首をかしげる。

リスタはうなずいて説明する。

「ノア様は超超超優良領主様ですからね。お近づきになりたいという方は多いのです」

「えぇー！　パパにはママがいるじゃーん！」

リスコスが憤慨する。

まあこいつの意見はどうでも良《い》い。

「そっか。アホのノア様にはサラ様がいるけど、まだ婚約なだけで、結婚してなかったすね」

『確かにノア様は功績だけは一流だから、身内に取り込みたい貴族は多いのだろう』

ペットどもを重力魔法でぺしゃんこにする。

『「ぐぇぇえええええええええ」』

「リスタ。そのお見合い話……全部もってこい」

「「ぜ、全部ぅ!?」」

リスタ、そしてリスコスが驚く。

髪型は違うけど、顔の形はそっくりだから、マジで親子っていうより姉妹だな。

「ああ。全員俺の女にしてやんよ」

「「そ、そんな……！」」

くく……リスタ達がドン引きしてる。

だよなぁ、くくく！　それこそが、俺の狙いよぉ！

「つべこべ言わず、女を連れてこい！　今すぐにだ！」

「は、はい……」

リスタは戸惑いながら部屋を出て行く。

「パパ……」

残されたリスコスが、体を怒りで震わせる。

「パパ、さいてーだよ！　ママというものがありながら！　ほかの女と関係を持つなんて！

さいてー！」

拳をにぎりしめると、思い切り殴りつけてくる。

「犬ガード！」

『おいノア様てめえブギャァアアアアアアアアアアアア！』

ナベリウスの首根っこを摑《つか》んで、さっとリスコスとの障壁にした。

結果、俺はノーダメージ。

だがナベリウスは木《こ》っ端《ぱ》微塵《みじん》になった。

『のぁあああああああああ！　恨んでやるぅうううううううう！』

「お前これくらいじゃ死なないから安心しろ★」

『呪ってやるぅうううううう！』

木《こ》っ端《ぱ》微塵《みじん》になったナベが、俺の影の中に戻っていった。

まあしばらくしたら回復するだろう。

一方でリスコスは、窓から飛び降りていった。

「ふっ……くく、成功。見たかロウリィくん。……ろりえもん？」

机の上のロウリィ（猫姿に変身してた）が、頬をリスのように膨らませていた。

「なんだよその顔」

『べっつーにー。んで、今回のこれも、無能ムーヴなんすか？』

「おうよ。名付けて、【酒池肉林だよ、ノア様最低作戦】！　概要を聞きたいか？」

『べっつにー。どーせ、女を集めて、片っ端からやって、それで女遊びするノア様最低って思わせる作戦でしょ？』

「お、おう……そうだけど、どうしたんだよ、不機嫌そうだなおまえ」

『べつに〜』

「何キレてんだよ」

白猫は震えると、びょんっ、と飛び上がる。

『猫ぱーんち！』

　ふにっ……。

『ノア様、さいてーだよ！　わたしというものがありながら！　ほかの女と関係を持つなんて！　さいてー！』

　だだーっ、とロウリィのヤツが部屋を出て行った。

　なんだったんだ……？

　まあいい、とにかく、俺はこれから、お見合いして、全部の女を俺のものにしてやるぜぇ！

★

「さすがです、ノア様！」

　二日後、リスタが笑顔で、俺の元へやってくる。

「な、なんだよ急に……？」

「昨日はお楽しみでしたね！」

「まあな、来た女全員、抱いてやったぜ？　だから……え、なんで失望してないの？」

　するとリスタが説明する。

「実はノア様……あのお見合い相手、全員暗殺者だったのですよ」

「ふぁ!? あ、暗殺者だってぇ!?」

確かに、昨日来た三十人くらい、全員目つきが鋭かったようだが……。

まさか、暗殺者だと!?

『なるほど、そういうことか』

ずぉ、と影の中から、ナベリウスが顔を出す。

『ノア様は確かに強い権力を持つ。近づきたい貴族は多いだろう……が、同時にそれを目障りに感じるものも多かったわけだ』

「つ、つまりあれか……? お見合いさせる振りして近づいて、邪魔者である俺を殺す算段だったと?」

『おそらくな。オレ様も見ていたが、まあ相手は手練《てだ》れだったな。洗練された動きをする暗殺者だったぞ全員』

「ええー!? あれ、俺を殺そうとしていたのー!?」

なーんかやたらと飲み物勧めてきたし、マッサージだっていって針だのナイフだのを後ろからズブズブ刺してきたけど……。

「特殊なプレイじゃなかったの!?」

『ナイフ刺されてる時点で気づけよ……。しかしノア様が無敵の体過ぎて、暗殺が一切通じないとは……見事としか言いようがない。アホだが』

クッ……！

なんてこったい！

リスタは笑顔でうなずく。

「暗殺者の皆さま、改心なさってましたよ」

ぱんぱん、とリスタが手をたたく。

ぞろぞろ……と昨日の女達が入ってきた。

「従者として、カーター領主の館ではたらかせることにしました」

「おまっ、何を勝手に！」

「この子達はわたしが、責任を持って育てます！」

「「はい、メイド長！」」

なんかリスタが、メイド長にランクアップしてるぅ!?

「ノア様、彼女たちは心を入れ替えたのです。ノア様と体を重ねたことで、いかに自分たちが無力な存在であるか……わからされたと」

「は、はあ……」

単にやりまくっただけなんだが!?

「ノア様は、すごいです！　彼女たちが暗い過去を持つ少女達だといち早く気づき、自らの温かな心と体で、冷え切った彼女たちを温めてあげるなんて！」

「『いやいやいやいや、一ミリも思ってませんけど!?』」

俺とナベが、揃《そろ》って首を振る。

だがリスタはそんなのお構いなし。

「やはりノア様はさすがです！　ほら、リスコス……出てきなさい」

「う、うん……」

おずおずと、メイド隊（リスタが率いる元暗殺者のメイドたち）のなかから、娘（仮）が出てくる。

「パパ、ごめんね。パパは……やっぱりすごいひとだよ！　尊敬する！」

「いや呆《あき》れかえってくれていいんだけど、普通に帰ってくれて良いんだけど？」

「パパは、すごい！」

「ああもおぉおおおお！　どうしてこうなるんだよぉおおおおおおお！」

★

と、いつものように俺は災難に巻き込まれたわけだが……。

「あり？　ロウリィ。おーい、ろりえもーん？」

メイド隊が出て行ったあと、俺は部屋の中を見回す。

「おいナベ、ロウリィどこいった？」

ずぉ、と黒犬が、俺の影の中から出てくる。

『知らんぞ。朝から姿がない』

「ったく、どこ行きやがった。俺のこの疲れ切った心をいやしてくれるのは、あいつのぷにぷにの肉球だっていうのに……」

『ん？　ノア様、引き出しに何かはさまってないか？』

「あん？　引き出しだぁ？」

領主の部屋の、執務机。

一番上の引き出しに、封筒がはさまっていた。

「手紙だ」

『誰からだ？』

俺は封筒を破って、中身を見る。

【旅に出ます。探さないでください。……いいっすか、絶対探さないでくださいね、絶対っすからね　　ロウリィ】

『あの白猫、家出したみたいだな』

「なっ、なんだってぇえええええええ！」

★

第七王子ノアのもとから、魔神ロウリィが去ってから、一週間後。

カーター領主の館の裏庭にて。

一匹の白猫……ロウリィが、こそこそとやってきた。

『何やってるんだおまえ？』

『うぉっ⁉　な、なんだナベちゃんか……』

ロウリィのそばにやってきたのは、黒犬のナベリウス（※悪魔）。

『一週間も姿見せないから、心配したぞ』

『悪いっす……』

ナベリウスにまで迷惑をかける気がなかったので、素直にロウリィは謝る。

ふぅ、とナベリウスは嘆息をつくと、白猫に尋ねる。

『それでおまえ、こんなとこで何してる？　ノア様のとこへいかないのか』

『くくく……よくぞ聞いてくれたっす、ナベちゃん！』

にやぁ……と笑うロウリィ。なぜだろうか、その笑みは、ノアがよく無能ムーヴするときと、
同じにナベリウスは感じた。

『これはね、高度な頭脳戦なんすよ』

『はぁ……』

ナベリウスが呆《あき》れている一方で、ロウリィは自信満々に語る。

『最近ノア様がわたしのことないがしろにしてるっすからね。家出した〜、って驚かせることで、わたしの重要性を再確認させるって作戦っす！』

『はぁ……』

心底どうでも良さそうに、ナベリウスがため息をつく。

『ノア様ぁ……愛《いと》しの白猫が、一週間もいなくて、さぞ寂しい思いをしてるだろう〜？　このぷにぷに肉球が欲しいか？　ん？　欲しいっすか？　しかたないなぁ！』

どうやらロウリィの中では、現在、ノアは相棒がいなくなって寂しく思っている、と勝手に思っているようだ。

しかし、ナベリウスは知っている。

『ロウリィ。たぶんそれは無駄だと思うぞ？』

『あん？　なんでっすか？』

くいくい、とナベリウスは、尻尾で、二階にあるノアの部屋の窓を指す。

ロウリィは器用に壁を上り、ナベリウスは背中から影の翼を生やし、ノアの部屋の近くまできた。

そこには……。

「おおー！　よちよち、可愛《かわい》い子でちゅね～！」

ノアがデレデレとした顔で、一匹の猫を、胸に抱いていた。

『んなっ!?　なな、なんすかあの雌猫ぉ……！』

驚愕《きょうがく》するロウリィに、ナベリウスが応える。

『ロウリィが出て行ったあと、ノア様が飼い出したのだ』

『にゃにー！　わたしという猫がありながらー！』

……ナベリウスはため息をつく。お前、魔神だろう、と。

ふがふが、とロウリィは鼻息荒く憤慨する。

ノアはそんなのお構いなしに、新たな猫を可愛《かわい》がる。

「いやぁ、ロリツー。おまえは可愛《かわい》いな～」

『なにぃ！　ロリツーだとぉ！』

『ロウリィ二号ってことか……』

『きー！　二号!?　初号機が二号機にまけるですってぇえええええ！』

ロウリィ、怒り狂う。

一方でノアは、にやぁ……と笑った。

「いやぁ、ロリツーはいいよなぁ。なにせどっかの白猫なんかとちがって、口うるさくない！

俺に無償で甘えてくるし、肉球だって触り放題！」

『ぐぬ……ぐぬぬぬぅ！』

「これは二号機の完全勝利だなぁ。初号機の完全上位互換だもんなぁ～」

ちらちら、とノアは窓の外をチラ見している。

外に声が届くように、声を張って言う。

「これは別に、ロウリィは帰ってこなくてもいいなぁ！」

ナベリウスは、すぐに察しがついていた。

だがロウリィは、ショックを受けてるようだった……。

『そんな……ノア様……わたしがいながら……うう……』

『いや、ロウリィ。たぶんノア様は気づいて……』

だがナベリウスが引き留めるまもなく……。

『うわぁあああああああん！　ノア様のあほぉおおおおおおおおおお！』

白竜の姿に変化すると、そのまま大空へと飛び去っていった。

『……』

ナベリウスはため息をつくと、窓をあけて、中に入る。

「おおー！　ろりえもん！　おまえ何やってたんだよぉーもー帰ってきたいのか？　んー？

しょうがないなぁ！　おまえがどうしても帰ってきたっていうのなら………………………

……って、ナベかよ」

喜色満面だったノアは、ナベリウスを見ると一転、不機嫌そうに顔をしかめた。

『やはりノア様、オレ様たちに気づいていたのだな』

「ったりまえだろ。俺の魔力感知能力をなめんじゃねえ。なんだったら、家出したろりえもんの居場所もその日にわかってたし」

『ならなぜ迎えに行ってやらんのだ……』

至極、もっともな疑問をナベリウスは口にする。

「くくく……よくぞ聞いてくれた、ナベぇ……！」

にやぁ……と笑うノア。なぜだろうか、その笑みは、ついさっきロウリィが浮かべたものと、まったく同質のものであったように感じた。

「これはな、高度な頭脳戦なんだよ」

『はぁ……』

ナベリウスが呆《あき》れている一方で、ノアは自信満々に語る。

「最近ロウリィが俺をないがしろにしてるからな。ほかの猫を飼った～、って驚かせることで、自分の地位を揺るがし、飼い主である俺の重要性を再確認させせるって作戦だよ！」

『はぁ……』

なんだか、どこかで聞いたような作戦だった。

「くくく……ロウリィ。どうだぁ、このままじゃほかの猫に、俺の相棒の座を奪われちまうぞぉ～？」

『……ノア様。別にロウリィのこと、嫌いになったわけじゃないんだろ？』

「あ？　ったりめえだろ。むしろあいつがいないと、調子狂うんだよこっちは」

『それを本人に言ってやれよ……』

「へーん！　誰が言うもんか。ま、向こうがな、どーしても俺のもとへ帰ってきたいーって泣きついてくるんだったら、かんがえてやってもよくってよ！」

『はぁ……』

　ノアもロウリィも、とどのつまり、相手から謝らせたいわけであった。

　まったくもって、息ぴったりの二人であるのだが、どうしてこうもかみ合わないのか……。

『肩肘張ってないで謝れば良いものを』

「だまらっしゃい！　くく……目に浮かぶぞぉ。やつが俺に泣きついてくる姿がなぁ！」

★

　だが、その三日後。

　カーター領主の部屋にて。

「チクショウ。ロウリィのヤツ、まだ帰ってこない。何やってんだよ……」

ノアはロウリィが帰ってこなくて、いらいらしてた。

そこへ……。

「ノア様。郵便だぞ」

「あー？　郵便だぁ？」

人間姿のナベリウスが、一枚の封書を渡してきた。

ノアは受け取って、びりっと封を破る。

「魔法巻物《マジック・スクロール》だ」

「たしか魔法を付与しておく巻物だな」

「ああ。どうやら映像を魔法にして記録してあるらしい」

巻物をほどいて、空中に投げる。

魔法が発動し、映像が再生される……。

『やっほー、ノア様。元気ぃ～？』

「んなっ!?　ロウリィ！　っと……ガルシア？」

映像に映っていたのは……。

高級そうな部屋だ。

「皇帝の城だな……というか、一緒に映ってるのは、ガルシア皇子じゃないか」

「ろ、ロウリィ！　貴様！　帝国にいるのか!?」

ガルシア皇子の膝の上には、猫姿のロウリィが寝そべっている。

『ごめんねノアッチ。わたし、もうガルシア皇子の猫《おんな》になったの』

「ななっ!?　なんだってぇえええええええええええ!?」

愕然《がくぜん》とするノア。

その一方でナベリウスは「なんか見たことあるなこの展開……」と呆《あき》れる。

『いやぁ、ガルシア皇子は最高の飼い主っすよ！　どっかの無能王子と違って、優しいし、お金持ちだし、なにより次期皇帝だし！』

「ふぐ！　ふぐぅうううううううう！」

憤慨するノア。

一方でナベリウスは「なるほど……あてつけか」とロウリィの意図に気づく。

ナベリウスの予想通り、これはロウリィの復讐《ふくしゅう》であった。

この間、ノアが自分に見せつけるようなことをしてきたので、さらにノアを動揺させるために、ロウリィがガルシア皇子に頼んで、偽のメッセージを作ったのである。

まんまとロウリィの策に、綺麗《きれい》にハマってしまったノア。

『とゆーわけで、わたしはガルシア皇子のもとでしあわせに暮らすっす〜。ねー、皇子〜。肉球ぷにってもいいよー』

「ああああやめろおおおおおお！　俺以外のやつに、肉球をぷにらせるなぁあああああああああ！」

完全に動揺しまくるノアをみて、ナベリウスは呆《あき》れかえって何も言えないでいた。

『わたし、もうノア様のもとへ帰るつもりないんで。ごめんねー。まぁでも……』

メッセージの途中で、ノアは耐えきれなくなり、炎の魔法でスクロールを燃やした。

言うまでもなく、この後に続くメッセージは、「どうしてもっていうなら帰っても良いよ」、だ。

「…………」

「ノア様。メッセージの続きがあったみたいだが、いいのか？」

「くっそぉおおおお！　あんの、浮気猫めぇええええええ！」

怒り狂うノアを見て、ナベリウスは「単純すぎる……」とあきれる。

「俺というものがありながら！　ほかの飼い主にデレデレしやがって！　チクショウ！　お前は俺のだろ！」

「それを本人に言ってやれば解決なのでは……？」

「こうなったら反撃だ！」

ぱんっ、とノアが柏手《かしわで》を打つ。

ノアの机の上にあった書類の束が、宙に舞う。

それは自動的に折り紙のように変形すると、無数の猫に変わった。

「無機物を命に変える魔法か……すごいな、やはり」

最初の演技の時の猫も、このようにノアが生み出したものだったのだ。

「おいナベ！　映像を録画しろ！　俺が無数の猫に溺れてる姿を、あいつに見せつけるんだ！」

「なんでまたそんなことを……」

「あいつが危機感を覚えて、こっちに帰ってくるように仕向けるためだよ！」

「いやだから謝れば良いだけの話……」

「うるせえええええええ！　これは、プライドの問題なんだよ！　あいつが泣きついてこない限り、俺はぜーったい許さないんだからね！」

★

かくして、無駄にスペックの高い馬鹿二名による、恋愛頭脳戦（笑）は、熾烈《しれつ》を極めた。

ノアが当てつけのように送ったメッセージに、もちろんロウリィは動揺した。

お返しとばかりに、ガルシア皇子にお腹《なか》を吸わせる（※猫のお腹《なか》に顔を埋めて、すぅはぁと呼吸すること）映像を送りつける。

もちろんノアは動揺した。お返しに……。

と、延々とお互い、当てつけのメッセージを送りまくった。

メッセンジャーはナベリウス。

完全にとばっちりであり、痴話げんかに巻き込まれた憐《あわ》れなる黒犬だった。

やがて……。

『いい加減にしろぉおおおおおお！』

切れたナベリウスは、魔法を発動。

犬姿のナベリウスは影を自在に操る。

それを応用して、ノアたちを、影で作られた異空間に閉じ込めたのだ。

ふたりは、何もない、真っ暗な空間に二人きりにされる……。

「ロウリィ！」

『ノア様！』

ナベリウスが作った影空間にて。

ノアとロウリィは、二人きりで相対する。

「へ、へーん！　どうしたろりえもん、おまえ……今更さみしくなったのか？」

『ふ、ふーんだ！　どうしたんすかノアッチ。もしかして、わたしがいなくて寂しかったんすか？』

「『………』」

ふたりとも、図星をつかれ、黙りこくってしまう。

沈黙が続く。

やがて……。

「『ごめん……』」

どちらからともなく、二人は謝った。

周りに誰も居ない状況であること、そして、なんといっても……。

二人にとって、相手がいないことが、辛《つら》かったのだ。

「俺が悪かった」

『いや、わたしも悪かったっす……』

「別に俺、猫飼ってないから」

『わたしも別に、ガルシア皇子の猫になったわけじゃないっすから』

「そ、そっか……」

『う、うん……』

ノアはロウリィに近づいて、隣に座る。

ロウリィは何も言わずとも、ノアの膝の上に乗っかる。

「帰ってこいよ。おまえがいないと……俺が、困るんだよ」

『ふーん……なんで困るんすか？』

ロウリィは微笑《ほほえ》みながら、尋ねる。

ノアは、顔を見られないように、そっぽを向く。

「お前がいないと、つまんねえんだよ」

ロウリィは、その一言が聞きたかったのだ。

彼女は心から喜び、すりすり……とノアの体に、頬ずりする。

『んも～♡　ノアッチってばぁ、わたしがいないとだめなんすからぁ～♡』

「ぐっ……調子に乗りやがってペットの分際で」

『ま……わたしも、ノア様がいないと、つまんなかったっす』

ぽつり、と小さくつぶやく。

「んも～。ろりえもんってばぁ、俺がいないとだめなんだからぁ～」

実にうれしそうに、ノアがロウリィの頬をつつく。

『ぐぬ……腹立つ』

「おまえこそ腹立つわー。主人の心を弄びよって。そんな貴様には……肉球ぷにぷにの刑に処す！」

『うわー、やめろー』

ノアは肉球をぷにぷにし、ロウリィは一切嫌がることなく、彼に体を委ねる。

ふたりが笑顔で、イチャついてる姿を……。

『やれやれ』

とナベリウスが、ため息をつきながら……しかし、苦笑する。

『まったく、お似合いのバカップルだよ、あんたらは』

★

ある日のこと、俺の部屋にて。

「ロウリィ、ほら、あーん」

俺の膝の上には、ロウリィが人間姿で、お行儀良く座っている。

クッキーを一枚つまんで、ロウリィの口に持っていく。

「はぐっ。もしゃもしゃ……うまいっすー！」

「そうかそうか。美味《うま》いか。リスタのやつが作ってきてさー、毒が入ってたら嫌だから、おまえに先に食べさせたんだよ～」

「んも～。ノア様ってば、わたしは毒味役かっつーの～♡」

穏やかな昼下がり。

俺は紅茶を飲みながら、ロウリィとクッキーをつまむ。

「ノア様ノア様」

「なんだ？」

「はい、あーん♡」

ロウリィがその小さな口に、クッキーをくわえて、俺に顔を向けてくる。

「おいおいあーんって、俺一人で食べれるっつーの。あーん」

俺は口を開いて、ロウリィのくわえているクッキーを、食べる。

ちゅっ、と唇が少し触れる。

「きゃっ♡　んも～。ノアッチ～。ちゅーとか、不意打ちでやめてくださいよ～。セクハラじゃーん♡」

「ははっ、おいおいロウリィ、飼い主が猫にキスするなんて、普通だろ？」

「あはは～たしかに～♡」

……そんな俺たちの様子を、隅っこでお座りしながら見つめる影が一つ。

『普段にまして仲が良いな貴様ら……』

黒犬ナベリウスが、呆《あき》れたようにため息をつく。

「別に仲良くないし～？」

「そっすよ～。ノア様は天敵なんで」

「「ねー？」」

『ケンカして仲を深めたバカップルか貴様らは……』

黒犬は伏せの状態になって、目を閉じる。

「え、ナベちゃん羨ましいの？」

『一ミリも思ってない。そこの馬鹿の相手は、オレ様には務まらん』

「ふっふーん。ノア様の馬鹿に付き合ってられるの、わたしだけ～♡」

「おいおいバカバカ言うなよ、雑巾絞りの刑にするぞ」

と、そのときだった。

コンコン……。

「失礼しますわ♡」

「おお、サラ。どうした？」

俺の婚約者、サラディアス。

南の海のように深く青い髪の毛に、黄金の瞳。

ふわふわとした白いドレスを今日は着ている。

「実はノア様に、お祭りに出て欲しくて」

「「祭り？」」

はて、と俺もロウリィも首をかしげる。

「お祭りなんてやるのか、うちで？」

「ええ。ここ最近ずっと、その準備でノア様のもとにお顔を出せず、申し訳ございません……」

そーいや、なんか最近サラのこと見ないなーって思ってたら、そんなことやってたのか。

「いいぜ。祭りいくよ」

「ほんとですかっ!?　やったっ♡」

サラが上品に微笑《ほほえ》む。

『いいのか、ノア様？』

ナベリウスが伏せの状態のまま聞いてくる。

「ああ、ちょうど暇……じゃなかった、祭りの視察も必要だろ。領主として」

『おい今暇って言ったぞこの領主……』

ぴょんっ、とロウリィが俺から降りて言う。

「ノア様ノア様～。一緒にお祭りまわりましょー」

「あーん？　祭りを一緒に回るだぁ……仕方ねえな」

「わーい！」

両手を挙げて喜ぶロウリィ。

『やれやれ、仕事放り出して、猫とお祭りデートか。良《い》いご身分だな』

ナベリウスが非難するように言う。

「おいおいナベ。なーに言ってるんだ。別にデートなんて……ねえ、しないけど？」

『は？』

ナベリウスは奇妙な者を見る目で、俺たちを見てくる。

ロウリィが猫耳としっぽをくねっくねさせながら、弾んだ声で言う。

「そっすよナベちゃん。勘違いしちゃあいけないっす。わたしら別にデートなんてしませんっすよ〜」

『いやだって……今祭りを一緒に回るって……』

「お祭りを回って、出店の食べ物を一緒に食べて、大道芸人なんかのパフォーマンスを見て、ふたりで一緒に時間を過ごすだけっす〜」

『いやそれデートだから……』

「そうだぜナベ。ロウリィと一緒に金魚すくいしたり綿あめ買ってふたりで一緒に食べたりして、一緒に楽しい時間を過ごすだけだぜ」

『だからそれを世間でデートっつーんだよ！』

「「いやいや、デートじゃないし」」

俺もロウリィも首を振る。

「デートって言えばよぉ、恋人同士でするもんじゃんか、なぁ？」

「そっすよ。わたしら別にぃ？　付き合ってないしぃ？　ま、ノア様が付き合ってくださいって頼むなら、別にいいけど〜？」

「そうそう、俺ら別に付き合ってないから。こいつただのペットだから。付き合ってってロウリィが泣いて頼むなら、ま、別に良《い》いけど～？」

はぁ、とナベリウスがため息をつく。

『もう何でも良《い》いからさっさと行ってこいよ……』

かくして、俺はカーター領で行われる、祭りに参加することになったのだが……。

★

「どうしてこうなったぁああああああああああああああああ!?」

……現在の状況説明しよう。

俺は、神輿《みこし》に乗っている。

木で組まれた神輿《みこし》の頂点に座って、カーター領民達が、担いでいる状態だ。

領民達は俺を乗せた神輿《みこし》を担ぎ、村々を回っている次第……。

「おいサラ！　こりゃどういうことだよっ！」

神輿《みこし》の横で歩いている、サラに尋ねる。

「？　どういうこととは？」

「祭りに出るっていったら、なんで神輿《みこし》に担がれてるのってこと!?」

「だって今日は【大ノア様大感謝祭】ですもの！」

「『大ノア様大感謝祭……？』」

俺も、頭の上に乗ってる猫姿ロウリィも、揃《そろ》って首をかしげる。

サラは得意げに説明する。

「ノア様、今日が何の日かご存じですか？」

「知らん！」

「ノア様がこの領地に着任してから、ちょうど一〇〇日目！　日頃の感謝をこめて、ノア様に祈りと感謝を捧《ささ》げるお祭りなのですわ♡」

な、なんてこった……。

そんな祭りだったとは……。

『ノア様に祈りと感謝って……もう完全に神扱いじゃないっすか』

俺たちは周りを見やる。

「ノア様ー！」「ありがたやー！」「いつもありがとうございますぅうう！」

俺たちがいるのは、領内のとある村。

領民達がみな、跪《ひざまず》いて、俺たちに頭を下げている。

『なんすかこの大名行列……』

「おい今すぐやめさせろ！　はずいだろ！」

しかしサラは首を振る。

「みな喜んで土下座しているのです。ノア様に、いつもお世話になってるからと」

『喜んで土下座ってすごい字面っすね……』

神輿《みこし》が進んでいく先に、ずらりと、領民達が二列に並んで土下座している。

『ノア様文字通り担がれてるっすよ、神として』

「うわぁあああああん！　ろりえもーん！　助けてよぉ！　こんなのヤダヤダヤダぁ！」

俺は無能扱いされたいのに！

感謝なんてされたくないのに！

なんだってこんな扱い受けなきゃいけないんだよ!?

『しょうがないなぁノア太くん』

「ろりえもん！　打開策を教えてくれるのかい？」

ロウリィはぴょんっ、とジャンプする。

『変化！』

ぼんっ、と空中で白竜の姿へと変化。

そうか、そういうことか！

「とう！」

俺はロウリィの背中に乗る。

「ナベ！」

『なんだ？』

俺の影から、ずおっ、と黒犬が出現。

「主ノア・カーターが命じる！　俺の姿に化けろ！」

悪魔と俺は契約している。

契約主には逆らえない。

ナベリウスは全身が影で出来た悪魔だ。

影の形を変えることで、自在に、外見を変えられる。

ノアの姿になったナベリウスを……。

「てーい」

どがっ！

「ノアぁああああああああああ！」

白竜の背から、俺に蹴飛ばされたナベリウスが落ちていく。

どすんっ、と神輿《みこし》の上に落ちるナベリウス。

「『じゃ、そゆことでー』」

『貴様らぁあああああ！　オレ様を囮《おとり》に逃げるのかぁああああああああ!?』

ロウリィは俺を乗せると、その場からエスケープするのだった。

★

神輿《みこし》のいる街から、離れた村へとやってきた。

「助かったぜロウリィ。さすが俺の相棒」

「えへへっ、まーねー」

人間の姿に変化したロウリィ。

一方で俺は、顔に仮面を付けている。

「ノア様とデートできないし」

「おいおいデートじゃないだろ、視察だよ視察」

「おっと〜。そうでしたね〜。じゃ視察《デート》しますかー♡」

「そうだな、視察《デート》するかー」

俺たちは出店を回る。

あちこちで商人が、食い物や出し物をしていた。

ロウリィと綿あめを買って食べあったり、金魚すくいしたりする。

「はー！　充実した視察の時間っすなぁ」

「まったく、視察はいいもんだなぁ」

ひとしきり回った後、俺たちは村の公園のベンチで一息つく。

「しっかし、数ヶ月でこの領地、めっちゃ豊かになってるっすね。商人めっちゃ来てるし」

「まー、なんだか知らんが帝国と手を組んだことになってたからな」

「領主が知らぬ間に隣国と外交結ぶって、ヤバいっすね今思うと……」

「この領地のやばさは今に始まったことじゃないだろ……なんだよ大ノア様大感謝祭って……大がかぶってんだよ」

はぁ、と俺たちはため息をつく。

「嫌なら出ていきます、ここ？」

「いや無理だから。リスタがついてくるし」

「ああ……そうでしたね……」

「それに……ま、出ていくのも、めんどうだしな。もう少しいてやるよ」

ロウリィが俺を見て目を丸くする。

そして、ふふっ、と微笑《ほほえ》んだ。

「なんだかんだ愛着湧いてるじゃないっすか」

「うるへー。ほら、いくぞ」

俺とロウリィは立ち上がって、ベンチをあとにする。

「しかし感謝祭って、まるでノア様、まじもんの神みたいな扱いっすねー」

「やめろまじで……」

そんなの勘弁して欲しい。

「でもあれみて」

「あん？　……なんじゃありゃ」

領地内に、教会のような建物があった。

だがその建物のてっぺんには、白猫を肩に載せた、マントを羽織った男が、頭上を指さしている。

「どーみても、ノア様っすよね、あれ」

「いつの間にあんなものを……！」

「教会に偶像って、ほんと神じゃん。よかったっすね～」

にやにや、とロウリィが意地悪く笑う。

「やめろ。ほんとの神が聞いたら、怒っちゃうでしょうが」

「そりゃそっか。こんな無能王子が、神のごとく扱われてるんすから。本物の神からすれば、むかっぱらが立つってもんすね」

「だろ？　あとで雑巾絞りの刑な」

「んなっ!?　ひっでー！」

俺たちは教会をあとにする。

「そのうち天罰くらったりして。本物の神が居るくせに、神を名乗るとはなにごとだーって」

「別に俺名乗ってねえけどな。ま、神なんてもん、存在するわけないだろ」

「そっすよねー。神なんているわけないっすよねー」

「そうそう。天罰なんて俺、一度も食らったことないし～」

「たしかに、もし本当に神が居るなら、罰当たりなことばっかしてるノア様、今頃とっくに死んでるだろうし～」

「「神なんて、いるわけないよ。そんなもの」」

★

後日、俺の屋敷《やしき》にて。

「はじめまして。ワタシ、【天導《てんどう》教会】から派遣された聖騎士です」

「て、天導教会って、唯一神ゼウスをあがめる、この世界で一番高い宗教団体じゃないっすか」

「そ、そんなとこの聖騎士が、俺になんのようだよ！」

「ノア・カーター。神の名を騙《かた》り、侮辱した罪で、あなたを拘束します」

「「はぁあああああああああああ!?」」

3話　第七王子は反逆者となる（計画通り）

第七王子ノアが、天導教会に捕縛された。

話は数日後。

悪魔ナベリウスは、天導教会本部のある、【神聖皇国】へとやってきた。

『くそ……なぜオレ様が、こんなところに……』

ナベリウスが居るのは、皇国内にある、天導教会本部の建物。

白亜の大聖堂を、離れた建物の影から、こっそり顔を出している。

『……ちっ！』

ナベリウスは、ここまでの経緯を思い出す。

★

「ノア様が天導教会に連れ去られた!?」

カーター領内の、会議室にて。

四バカ四天王＋リスタ、サラという面子《めんつ》で、会議を行っていた。

「天導教会……確か全国的に有名な、巨大宗教団体でしたわね」

大貴族の令嬢であるサラが、冷静につぶやく。

「なぜノア様は連れ去られたのですかっ？」

リスタが興奮気味に言う。

その目には敬愛する神《ノア》を連れ去った愚か者への、明確なる怒りの炎がともっていた。

「わかりません……わたくしにもさっぱり……」

ううん、とサラたちは首をかしげる。

会議を見守っていたナベリウスが答える。

「あいつらは、異教徒を嫌うからな」

「ナベリウス様、知っているのですか、天導教会を？」

サラに尋ねられ、人間姿のナベリウスは苦々しい表情でうなずく。

「知ってるさ。よーくな……なにせ、悪魔であるオレ様達《さまたち》の、天敵みたいなもんだからな」

ナベリウスは自分が知ってる限りの、天導教会についての情報を明かす。

「あいつらの信じる神を頂点とし、神が創造した人類を守る。それ以外の……全て悪だと思ってやがるんだ」

「全て……とは？」

ナベリウスが呆《あき》れたように、肩をすくめて言う。

「全てだ。特に、モンスター。魔族。そして悪魔……。やつらにとって信仰の邪魔になる、魔のものたちに対して一切容赦しねえ」

あまりに偏った思想だった。

ナベリウスをはじめとした、ノアの仲間達もまた同じ思いを抱いてるのだろう。

みな、会ったこともない邪教徒に憤っていた。

……まあ、カーター領民もまた邪教徒なのだが。

ナベリウスは続ける。

「あいつらは魔のものを許さないし、そして自分たちが信じる神以外の神を祭り上げるやつらを許さないんだ」

「？　しかしなら、どうしてノア様が連れ去られたのでしょうか？」

はて、とリスタが首をかしげる。

「いやお前らが原因だろうが……！」

ナベリウスは深々とため息をつく。

このノア狂信者どもは、自分たちが何をしたのか、わかってないらしい。

「おまえらがノア様を神として祭り上げて、わっしょいわっしょいと騒いだからだろうが！」

今までカーター領内だけで、ノアが神のごとく扱われていた。

しかし今回の祭りは、外部（帝国）との接触があった。

結果、ノアを神とあがめていることが、教会の耳に届いたのだろう。

「の、ノア様はどうなってしまうのですの!?」

サラが青い顔をしてナベリウスに尋ねる。

だがナベリウスも、そしてヒルデも、あきらめたような表情で首を振る。

「やつらは教会の教えに背く者たちに一切容赦しない。改心などさせない。見つけ次第……殺す」

「そんな……」

へたり込むサラを、リスタが支える。

「うむ！　話は簡単ではないか！」

騎士団長のテータが、立ち上がって力強く言う。

「天導教会と戦い、ノア様を取り返せばよいのだ！」

「バカやろう！」

テータの提案を、ナベリウスが強く否定する。

「おまえらは、わかってない！　天導教会の恐ろしさを！」

ガタガタ……とナベリウスが体を震わせる。

また、ヒルデは頭を抱えて丸くなっていた。

悪魔と、そして魔王が恐れるほどの団体なのだろうと領民達は戦慄する。

「しかしナベリウス様。帝国と戦えたカーター領民軍ですよ？　教会とも戦えるのでは？」

リスタの問いかけに、ナベリウスは首を振る。

「帝国と戦うのとは規模が違う。やつらは全国に信者を持つ。……それに、」

ナベリウスは、重々しく言う。

「神は、実在する」

悪魔の言葉に全員が真顔でうなずく。

「ノア様のことですね」「ノア殿のことだな！」「我が闇の神のことであるな」

「ノア様のことじゃなくてだな！」

どうにも真面目になりきれない領民《ばか》どもに、ナベリウスが言う。

「神はオレ様達《さまたち》悪魔とは違って、普段は天界……天の上にいて出てこない。だが天導教会のやつらは、その神から力を借り受けて戦う」

「で、では……神の力を、教会の人たちは持つと？」

サラの言葉に、ナベリウスがうなずく。

「ああ。神の力は、ハッキリ言って……次元が違う。貴様らがノコノコやつらのテリトリーに乗りこんだ瞬間、やつらは領民を皆殺しにし、領地を地図から消すだろう」

比喩表現ではなく、本当に、領地を消し去るほどの力を持つ。

それが、天導教会という、恐るべき組織の実体だ。

「で、では……我らはどうすれば？」

魔導師長が、ナベリウスに恐る恐る尋ねる。

「命が惜しくば何もしないことだ」

ナベリウスはそれだけ言うと、部屋から出て行こうとする。

「ど、どこへ……？」

「……ふん。貴様らには、関係ない。忠告はしたぞ。バカな真似《まね》はやめておけ」

ナベリウスは会議室から出て行ったあと……。

領主《ノア》の部屋まで、やってくる。

「ふん。ウルサいのがいなくなって、せいせいした……！」

ナベリウスは、からっぽの部屋に向かって吠《ほ》える。

「あのバカ王子にバカ猫のおもりなんぞ、もううんざりなんだよ！」

……だが、ナベリウスの脳裏には、二人との思い出が駆け巡る。

ロウリィは、友達だ。一緒に飲みにいったり、愚痴を聞いたりした。

ノアは……なんだろうか。でも一緒に居たとき、ナベリウスは退屈さを忘れていた。

「…………ああ、くそ」

悪魔《ナベリウス》は、天導教会、そして神の力の恐ろしさを、会議に参加していた誰よりも知っている。

敵陣に乗りこめば、どうなるかも、わかっている。

楽に死ねればもうけもの。

自分は悪魔で、教会の天敵だ。

それでも……。

「チクショウ！　覚えておけよ、あのバカップルめ！」

バサッ、とナベリウスは影の翼を広げて、カーター領主の館をあとにする。

目指すのは、天導教会の本部がある、神聖皇国。

「くそっ！　オレ様にもバカがうつっちまったじゃねえかよ！」

もの凄《すご》い速さで空を飛び、ナベリウスはノアたちの元へ急ぐ。

「待ってろ、ノア様、ロウリィ！　オレ様が行くまで、死ぬんじゃねえぞ！」

★

天導教会本部へと、ナベリウスは忍び込むことに成功した。

この悪魔は影を使った魔法を得意とする。

ナベリウスは教会に所属する信者達の影から影へと飛び移って、聖堂内に侵入したのだ。

『……地下牢《ろう》。そこに、ノア様たちがいる』

犬姿のナベリウスは影の眷属《けんぞく》を作り出し、聖堂内で情報収集をした。

その結果、数日前に捕らえられた異教徒は、地下に幽閉されているとのこと。

『くそっ。手間かけさせやがって！』
と言いつつも、ナベリウスはホッと安堵《あんど》の吐息をついていた。
なんだかんだで、ノアたちが無事で嬉《うれ》しかったのだ。
しかし……。
『急がねえと。幹部どもがいうには、今日ノア様たちの処刑が行われるらしいし』
ナベリウスは物陰から物陰へと飛び移りながら、急いで地下牢《ろう》へと走る。
『はっ！　はっ！　はっ！　くそっ！　間に合えっ！』
誰にも見つからないように、かつ、迅速に、ナベリウスはノア達のもとへ向かう。
と、そのときだった。
『ふにゃぁあああああああああああああああ！』
『！　この声は……ロウリィ！』
魔神の悲鳴が、地下牢《ろう》に響く。
ナベリウスは焦燥にかられ、影から飛び出ると、凄《すさ》まじい速さでかける。
『くそっ！　おそかったか！　チクショウ！』
ナベリウスは緊迫の表情で牢《ろう》のなかをかける。
彼女との思い出が、彼女への愛おしさへと変わる。
ああそうだ、自分は、あの魔神のことを、友達だと思ってたんだ……。

『ロウリィぃいいいいいいいい！』

やがて、牢屋《ろうや》の一番奥までたどり着いた。

そこでナベリウスが見たものは……。

「すぅはぁ！　すぅはぁ！　ロウリィのお腹《なか》、すぅはぁ！」

ずさーーーーーーーーーーーー！

ナベリウスが、顔面からスライディングする。

「はぁああん♡　ろりえもんのお腹《なか》……なんてきもちいいんだぁ～♡　すぅはぁすぅはぁ！」

状況を説明しよう。

まず牢屋《ろうや》の中には、ノアがいた。

やけに立派なソファに寝そべっている。

そして、ノアの顔には、ロウリィが張り付いていた。

ノアはちょうど、ロウリィのお腹《なか》に、顔を埋めている。

『ちょっ♡　ノアッチ～♡　そんなに激しく吸わないでくださいっすよぉ～♡　きゃっ♡　くすぐったぁい♡』

ロウリィは目を♡にして、ノアに甘えている。

「すぅはぁ！　ロウリィのお腹《なか》は、最高だな！」

『んもぉ～♡　こんなことさせるの、ノア様だけっすよぉ～♡』

ノア達はのんきに、じゃれついていた。

地下牢《ろう》の中で、こっちが、とても心配していたというのに……。

このバカップルは、完全に二人きりの世界に没頭し、イチャついていた。

『貴様らぁあああああああああああああああああ！』

当然、ナベリウスは激怒した。

「あれ、ナベじゃん。どうした？」

『ちょっ！　な、ナベちゃん……急にやめてくださいよ。恥ずかしいじゃないっすか～』

ロウリィはノアの顔からぴょんっ、とどくと、頬を赤くして顔を手で隠す。

『男女がイチャついてるとこに水差すなんて、エチケット違反っすよ！』

『黙れこのバカップル！　おい正座しろ！』

びしっ、とナベリウスが尻尾で、地面を指さす。

「あーん？　なんでてめえの言うこと聞かなきゃいけねえんだよ」

『せ・い・ざ！』

「『あ、はい……』」

有無を言わさぬ迫力に気おされ、ノアとロウリィは揃《そろ》って正座をする。

『貴様ら……ここで何してる？　天導教会の聖騎士に捕まったんじゃなかったのか？』

「いやそれが……」

と、そのときだった。

「なんだおまえ、侵入者か!?」

『!　天導の聖騎士！』

地下牢《ろう》に、武装した聖騎士の一団がやってきたのだ。

身構えるナベリウス。

それは当然だ、悪魔にとって、神の使いは天敵。

「消えろ悪魔め！　ノア様とロウリィ様には、指一本触れさせないぞ！」

『ふぁ……!?』

ナベリウス、驚愕《きょうがく》する。

聖騎士は、今なんと言ったか……？

「おい悪魔が我らの神をたぶらかそうとしていたぞ！」

「なんだと！」「悪魔め！　ぶちころしてやる！」「ノア様たちに近づくな！」

聖騎士達はいっせいに、ナベリウスに飛びかかろうとする。

「あー、こらこら、やめなさい君たち」

「「はいっ！　すみません！　ノア様！」」

ナベリウスを捕らえようとした聖騎士達が、ノアに対して、畏《かしこ》まった態度を取る。

『い、一体何が、どうなってるんだ……？』

ナベリウスが恐る恐るノア達に尋ねる。

「あー……その、なんか……ね」

『ノア様とわたし、神とその使い魔ってことになってるんすよ』

ぽかん……とした表情のナベリウス。

やがて、黒犬は吠《ほ》える。

『どうしてそうなったぁああああああああああああああああ!?』

★

話は、ナベが来る前に戻る。

俺は神聖皇国の聖騎士に捕縛され、連れて行かれた。

『の、のの、ノア様！　どうするんすかぁー！』

地下牢《ろう》にて、猫姿のロウリィが慌てて言う。

『わたしたち捕まっちまったじゃないっすかー！』

「ふっ……」

慌てふためく小動物を見て、俺は笑う。

「まあ落ち着けロウリィ」

にんまり笑って、俺は言う。

「これはチャンスではないか！」

『ほえ？　チャンス？』

「そう！　この状況……俺は神の反逆者ってことでとらわれた。つまり！　俺の名声は今、地に落ちたということ！」

好感度が下がるのは、俺の望むところである。

つまり今、俺は望んだ展開のなかにいるってことだ。

『ええー……でも、殺されたらどうするんすか？　神聖皇国の聖騎士って、異教徒に厳しいんでしょ？』

「あ？　俺が殺されたくらいで、死ぬと思ってるの？」

『あ、たしかにー』

ロウリィがホッと安堵《あんど》の吐息をつく。

『ノア様が無事ならいっか。わたしはノア様が処刑されてる隙にトンズラこくんで』

「俺も俺が処刑されたら、蘇生《そせい》してトンズラこくんでもーまんたいよ」

というわけで、俺たちはあまり慌ててなかった。

「しっかし牢屋《ろうや》の中ってやつは、なんもねえな」

石でできた壁床天井。前方には鉄格子。

ザ・牢屋《ろうや》って感じ。

『まぁ囚人を閉じ込めておく場所っすからね』

「ちっ。アメニティの充実してない牢屋《ろうや》だな」

『だから牢屋《ろうや》だって言ってるでしょ……』

ということで、俺は指をパチンと鳴らす。

ソファ、ベッド、本棚、トイレ。

「ま、とりあえずこんなもんかな」

俺はどさっ、とベッドに横になる。

ロウリィが俺のお腹《なか》の上にひょいっと乗っかる。

『二人っきりっすね……』

「おう……そうだな」

ロウリィが近づいてきて、俺の顔の隣でちょこんと座る。

『このまま一生この中だったら、どーするんすか？』

「ばっか。お前がいればどこでもやっていけるさ」

『ば、ばかぁ～……♡　もう、ノアッチってば～♡』

ロウリィが照れてるのか、顔を手であらうように動かす。

「誰も居ない牢屋《ろうや》で二人きり……ってことは、普段できないことも、できるな」

『そ、そっすね……』

ロウリィが熱っぽい目を俺に向ける。

「ロウリィ……」

『ノア様……』

五分後。

「そらそらっ、どうした！」

『ふにゃあ♡　にゃああん♡』

「ふんっ！　ふんっ！　どうだぁ！」

『あっ♡　あっ♡　やめてっ♡　おかしくなりゅぅううう♡』

「ふははは！　そうだもっとおかしくなってしまえ！」

『ふにゃぁあああん♡　らめ、らめぇえええええええ♡』

「何を破廉恥なことを、してるのだおまえらぁああああああああ！」

そのとき、牢屋《ろうや》の入り口に、一人の女騎士が立っていた。

『あ、ノア様を捕縛した、聖騎士の姉ちゃんっす』

「ば、ばっきゃろう！　何勝手にのぞいてるんだ！　マナー違反だぞ！」

聖騎士は俺たちを見て、目を丸くしている。

「お、お前達……なにを？」

「何って、ロウリィの喉元をゴロゴロしてただけだぞ？」

俺の膝の上には、ロウリィがくったりと、体の力を抜いて寝そべっている。

俺は彼女の喉元を、指でちょちょいとこする。

『ふにゃああん♡　ごろごろ……♡　ノア様……ごろごろ……♡』

「ふっ、可愛《かわい》いヤツめ。ここか？　ん？　ここもっとゴロゴロしてほしいのか？　ほら、欲しいなら言ってみろぉ～」

『ほ、ほしい……♡』

「くはは！　いいだろう、ごろってやるよ、このほしがり猫め！」

ごろごろ！

「おらぁ！　言ってみろ、わたしはほしがり猫ですって！」

『にゃあん♡　わたしはノア様にゴロゴロされるのが好きな、ほしがり猫ですぅう♡』

俺たちの様子を、聖騎士は唖然《あぜん》とした表情で見ている。

「んだよ、邪魔するなよ」

「信じられない……どういうことだ？」

「？　なに？」

聖騎士は俺……というか、俺の座っているソファを指さす。

「牢屋《ろうや》のなかには、ソファなんて、なかったはずだぞ……？」

確かにこの牢屋《ろうや》には、ボロボロのベッドが一つあるだけだった。

それが今やどうだろう。

俺が創造魔法でソファやベッドなどを出現させ、ホテルのスウィートルームさながらの内装になってる。

「なに？　文句あるの？　中で大人しくしてる囚人に対して？」

すると……どさり、と聖騎士が膝をついた。

そして、頭を深々と下げた。

「あなたが……神でしたか？」

「『ふぁ……!?』」

滝のような涙を流す聖騎士。

「な、何言ってるのおまえ……？」

聖騎士は武装を解除して、俺の前で跪《ひざまず》いて言う。

「わたくしはクィナ。神聖皇国の聖騎士がひとり。神よ……わたくしは、あなた様になんて非道を……」

「待て待て！　どういうこと!?」

『クィナさん、理由を説明するっす。ノア様が神って……なんすか？』

おおっ！　とクィナが震えながら言う。

「恐れながら。そのベッドなどは創造魔法で創られたものでしょう。それは【神の魔法】と呼ばれるもの」

「か、神の魔法だぁ!?」

何をふざけたこと言ってるのだこいつは!?

「創造魔法なんて、前の世界じゃ誰でも普通に使えてたぞ？」

「おおっ！　前の世界……！　つまり天界のことですね！」

きらきら、とした目を、クィナは俺に向ける。

『あ、わかった。ノア様、こいつノア様が、天界からきた創造神だと思ってるんすよ』

「はぁ!?　なんでだよ！」

『この世界じゃ、物質をゼロから創る創造魔法は、おとぎ話の代物なんすよ』

「まじかよ……こんなの誰だってできるだろ？」

『ノア様の最近忘れがちな設定に、遥《はる》か昔の世界から転生してきた賢者って設定あったじゃないっすか。未来の世界じゃ創造魔法なんて高等魔法、使えないんすよ』

設定とか言うな！

過去だから！　事実だから！

聖騎士クィナは両手を組んで、俺を見上げる。

……ああ、その目。

よく知ってるぅ〜。

リスタたちが、俺を見る目と、いっしょ〜……。

「わたくしたちの祈りが届き、ついに、我らの世界に降り立ってくださったのですね！　神さま！」

「人違いです！　なあロウリィ！」

『そーっすよ！　こんなクズが神なわけないじゃないっすか！』

俺はロウリィを雑巾絞りの刑に処す。

『ふぎゅぅううう！』

「と、とにかく俺は異教徒だからほら。ね。気軽に処刑とかしちゃおうぜ？」

と、そのときだった。

「どうしたクィナ」

同僚らしき聖騎士が、俺の前にやってくる。

「おお、あんた、こいつに言ってやってくれ！　どうやらこいつ、俺のことを神だって誤解してるらしくてさ」

同僚はちらっ、と俺を見て言う。

「わかった！」

「そうかわかったか」

「神！　仰せの通りに！」

「わかってねぇえええええええ！」

その後、ぞろぞろと聖騎士達が俺の元へやってきては、神とあがめるようになっていく。

「貴様ら！　何事だこれはぁ！」

そこへ、でっぷりと太った、法衣《ほうえ》に身を包んだおっさんがやってきた。

「アクダァマ大司教様！」

『わーストレートど直球なネーミング～……』

アクダァマ大司教は、顔を真っ赤にして、俺と聖騎士たちのもとへ来る。

「異教徒相手になにをしてる！」

「無礼者！」

クィナは剣を抜いて、アクダァマ大司教に向ける。

「ここにおわす方をどなたと心得る！　我らがあがめる神……ノア様だぞ！」

「神だと？　ふんっ！　馬鹿馬鹿しい！　ただのガキではないか！」

大司教はどうやら、聖騎士《ばか》どもと違ってまともそうだ。

「いいぞー、大司教！」『もっといってやれ～！』

「おまえらはどの立場で言ってるのだ!?」

ふんっ、と大司教が鼻を鳴らす。

「処刑は一週間後だ。それまで逃がすなよ」

「ふざけるなっ！」

クィナが声を荒らげて言う。

「我らが神を殺すわけにはいくまい！」

「そうだ！　殺してみろ！　てめえら上層部皆殺しにしてやるからな！」

聖騎士達が怒りをあらわにしている。

『どうやら上のひとたちは、頭おかしくないみたいっすね』

「はわわ、はわわわっ」

ど、どど、どうしよう……。

ちょっとした監獄スローライフ、するつもりが……。

ちょっと快適な暮らしをしようって、ソファとかベッド出しただけなのに……。

『あーあ。ノア様、あーあ。囚人らしくおとなしーくしてりゃ良かったのに』

アクダァマは去って行き、残ったのは聖騎士達。

「ノア様！　ご安心を！　我ら聖騎士はあなた様の味方です！　処刑なんてさせてたまるものですか！」

クィナの目も、そして聖騎士たちの目も、カーター領民のものと一緒だった。

「くっそぉおおおおお！　どうしてこうなるんだよぉおおおおおお！」

★

前回までのあらすじ。

なんか、神になってた。

『まったく、心配させやがって……バカ王子が……』

ここは神聖皇国内にある、大聖堂。

俺は天導教会という、この世界で最も大きな宗教団体が持つ聖騎士にとらわれ、現在囚人の身であった。

黒犬ナベリウスがなんだか知らんが、俺を心配して、ここまでやってきた次第。

「ナベちゃん、なんだかんだ言って、ノア様のことスコスコのスコなんすね～」

人間姿ロウリィが、ニヤニヤ笑いながら、ナベリウスの頬を尻尾でつつく。

『はぁ!? べ、別にオレ様は、こんなゴミのこと好きじゃない！』

「んも～。意地張っちゃって～」

ペットどもがじゃれついてる中、俺は今後の展開を考える。

『ところでノア様、どうするんだこれから？ 教会に捕縛され、もうすぐ処刑されるんだろ？』

「もちろん、逃げるっすよね」

「くく……愚かなペットどもめ」

　にやり、と俺が笑う。

「あ、いつものっすね」

『いつものバカやるつもりだろうな』

「しゃーらっぷ！　黙って俺の凄《すご》い作戦を聞きなさい！」

　ぺたん、と俺の前に、ロウリィと犬が座る。

「この機を利用して、俺は、無能ムーヴするぞ！」

『また性懲りもなく……』

「ノア様、学習って言葉、知ってます？」

　しゃーらっぷ！

『無能ムーヴなんてせず、大人しく脱獄すればいいのでは……？　ノア様なら余裕だろう？』

「逃げればお望み通り、悪名も高まるっすからね」

　ふっ……わかってないなペットどもは。

「脱獄はあくびするほど簡単だ。しかーし！　逃げたあとで聖騎士に追い掛けられても困る訳よ。そこでノア様は一計を案じるわけだ！」

　俺はペットどもに作戦を話す。

『「また余計なことを……」』

「んだよぉ！　文句あんの!?」

ペットどもは俺から離れて、ひそひそ話す。

「どーおもうっす？」

『どうせまた大成功からのさすノアだろ』

「だよねー」

ふんっ。ペットどもは俺の作戦の素晴らしさを理解してないようだ。

と、そのときである。

「おい！　ノア・カーター！」

牢屋《ろうや》の外には、でっぷりと太った、意地悪そうな顔をしている大司教……【アクダァマ】がいた。

「明日がついに処刑の日だが……くくく！　楽しみだなぁ！」

「ふ……ふふふ！　ふはははははっ！」

俺が高笑いすると、アクダァマ、および近衛《このえ》騎士たちが、動揺する。

「な、なんだ笑いよって」

「ふっ……人間とは実に愚かだなと思ってな」

「なにぃ！」

憤るアクダァマ大司教に、俺が言う。

「控えろ。俺は神だぞ？」

ふっ……これこそが、今回の無能ムーヴだ。

題して、〝神のフリした愚か者だけど、結局処刑されて歴史に大罪人として名を残す羽目になった件（泣）〜今更嘆いてももう遅い〜〟作戦だ！

「どこぞのラノベみたいな作戦名っすね」

『まず読まれないだろうな』

ペットどもを重力魔法でぺしゃんこにする。

「か、神だと!?　あれは部下どもが勝手に言ってるだけじゃなかったのか!?」

顔を真っ赤にして怒るアクダァマに、俺は芝居掛かった、余裕の態度で言う。

「やれやれ……本質を見極められぬ愚者め。この俺からあふれ出る、神のオーラが見えないのかな？」

ふっ、と俺が笑う。

『何も見えないぞ？』

「きっとバカにしか見えないオーラなんすよ」

まあちょっと演出しておくか。

俺は普段制御してる、魔力を、ほんのちょっぴり解放する。

ごぉっ！　と魔力の嵐が発生する。

「クッ……！　なんだこの巨大な魔力量は!?」

「ふははは！　だから神だと言っただろうが。貴様、神に対してこんな薄汚い場所に入れておくなど、無礼千万だぞ！」

『なんかノリノリだなノア様』

「ほら、前世が闇の大賢者（笑）だから、こーゆーの得意なんすよ」

　ペットどもには後でお仕置きしておくとして……。

「ということで、俺は神だ。神を処刑したところで無駄だぞ？　天罰がくだるであろう……くくく！」

　まー、こんだけハッタリかましておけばおっけーかな。

「そ、そこまで言うのなら！　明日の処刑、楽しみにしてるぞ！」

　にやり、と邪悪にアクダァマが笑う。

「神だというのなら、当然、人間の行う処刑ごときでは死なないよなぁ？」

　俺もまた、不敵に笑う。

「当たり前だろ？　俺は……ゴッドノアだぜ？」

★

翌日、俺は処刑されることになった。

ここは皇国内にある、大きな渓谷だ。

俺は手足を拘束され、深い深い谷の前にいる。

「これより！　大罪人ノア・カーターの処刑を執り行う！」

執行人はアクダァマ。

周囲には聖騎士達も居る。

「ノア様ぁ！」「やめろアクダァマ！」「ノア様は神だぞ！」「神を処刑するなんて、なんて罰当たりな！」

聖騎士《アホ》どもは俺を勝手に、神と思っているらしい。

聖騎士達もまた手足を縛られて、見学させられている。

そこには聖騎士以外の上層部の連中も、俺が死ぬのを心待ちにしてる様子だった。

「ノア・カーター。貴様は今よりこの〝黄泉《よみ》の谷〟に突き落とす」

「黄泉《よみ》の谷ねぇ……また物騒な名前だな」

「くく……この下はなぁ、冥界の門が存在する。谷底には冥界より出《い》でし化け物どもがうようよしてるのよぉ」

冥界。たしか、悪人の魂が収容されてるっていう、ヤバいとこだよなー。

「しかも黄泉《よみ》の谷底は全てを食らう、魔力をもだな！　つまり谷底では魔法が使えない……くくく、冥界の魔獣どもにその身を食われて死ぬがいい！」

すでに勝ち誇った笑みを浮かべるアクダァマ。

「何か言い残すことはないかぁ、ノア・カーター？　落ちたら最後、二度と戻ってこれない黄《よ》泉《み》への旅路を前に？」

まあ別になんとも思わないんですけどねー。

しっかーし！　ちょっとくらいはかっこつけておこう。

「ふっ……神に不可能はない、とだけ言っておこう」

「クッ……！　どこまでも不遜なやつ……！　おい！　さっさとノアを谷底へ落とせ！」

近衛《このえ》騎士たちが槍《やり》を持って、俺の元へ近づいてくる。

「あー、別につつかなくても平気だから。自分でいくから」

「ふぁ……!?」

俺は手足に枷《かせ》を付けられた状態で、バク宙。

「「ノア様が落ちたぁあああああああああああ！」」

「ふーーーはっはっは！　さらばだノア・カーター！」

俺は凄《すさ》まじい勢いで、谷底へと落下。

確かに魔力を食われているらしい。

魔法が使えない……。

飛行魔法が使えない状態、しかも運良く助かったとしても、谷底には冥界の魔獣か。

なるほど、こりゃ死ぬわな……。

「よいせっと」

俺は空中でバク宙を決め、体勢を整える。

黄泉《よみ》の谷の、谷壁を蹴って、斜め下に落ちる。

「よっ、ほっ、よいしょっと」

壁キックを繰り返しながら、勢いを殺し、そして谷底へと無傷で到着する。

「ふぃー……良《い》い運動になったわ。さて……おいペットども」

ずぉ、と俺の影から、ナベリウスとロウリィが出てくる。

ナベリウスは影の悪魔なので、俺の影の中に入り込むことが出来る。

『あいかわらず凄《すご》いっすね……』

『手足を拘束された状態で、壁キックで、こんな深い場所まで降りてくるなんて……』

「え、別に普通だろこれくらい。フンッ……！」

俺は手かせ足かせを破壊する。

『この人魔法使えなくっても、ヤバい人だったすわ。忘れてたけど』

『さすが剣聖の前世を持つ男……身体能力も異常だな』

あんくらい俺に取っちゃ朝飯前なのさ。

「さーって、これで落下して死んだってことになってるし、一泊くらいして明日の夜あたりに外出るぞ」

俺はぐいっ、と伸びをする。

『いや一泊って……ノア様。ここには冥界の魔獣がいるという話ではないか？』

「あん？　あいつらか……」

周囲には、黒い肌を持つ、凶暴そうな動物たちがいた。

『クッ……なんて魔力。オレ様にはわかる。やつらは、悪魔をもしのぐほど、強力な魔獣達……！』

「『ふーん』」

俺も、そしてロウリィもまた、余裕の笑みを浮かべる。

「野営の場所探すかー」

『ノア様、わたし野宿は嫌っすからねー。これでも女子だもんで』

「なにぃ、贅沢《ぜいたく》だなぁ。まあいいけど」

『お、おい！　魔獣が襲ってくるぞ！』

ぐわ……！　と大量の魔獣が俺に飛びかかってくる。

「あ？」

『『きゃぅううううん！』』

俺がにらみつけると、魔獣達がその場で……お腹《なか》を向けて倒れる。

『い、一体何を!?』

『ノア様から発せられる殺気に当てられ、みんな降伏してるんすよ』

『そ、そんなバカな……』

『ナベちゃんだって仰向けで倒れてるじゃないっすか？』

『なっ!?　いつの間に!?』

悪魔も、魔獣どもも、俺がすこーし殺気を込めてにらんだだけで、びびってやがる。

「おいおいこの程度で怯《おび》えるなんて、骨のないやつらだなぁ」

『『きゃいーんきゃーいん！』』

冥界の魔獣どもを見回す。

「ロウリィ、今夜は何肉がいい？」

『うーん、牛肉かなー』

「よーし、指ぱっちん」

ばつんっ！　と冥界の魔獣の中にいた、牛の魔獣をズタズタに引き裂く。

『わーい、今夜は焼き肉ぱーちー』

『いやちょっと!?　え、冥界の魔獣だぞ!?　今、え、どうやって倒した!?』

「ただの指ぱっちんだが？」

俺はパチンと指を鳴らすだけで、衝撃波を発生できる。

それを魔力で増幅してやれば、今みたいな真空の刃となって、相手を切り刻めるのだ。

『もうおまえ神だろ……』

「あ？　俺はふつうの人間だぞ？」

『そーっすよ、一般人っすよ』

唖然《あぜん》とするナベリウス。そして、冥界の魔獣達は、なんだか知らんが、気を失っていた。

まあそんな感じで、俺は黄泉《よみ》の谷で一泊したのだった。

★

次の日の夜。

「さすがに一日経《た》てば、教会のやつらも帰ってるやろー」

『しかしこの深い谷から、どうやって帰還するのだ？』

俺は手刀を構え、振り下ろす。

ずぉ……！　俺の前に、空間の裂け目ができる。

『ここと地上の間との空間を切ってつなげたのか……相変わらずの規格外っぷり……』

「ほら、帰るぞペットどもぉ～」

『『へーい』』

俺はペット二匹とともに、空間の裂け目を通る。

『ノア様、今回は上手《うま》く行ったっすね、珍しく』

「くくく、だろうぉ？　神を名乗って死んだ反逆者って、今頃地上ではノア・カーターはバカ扱いされてるぜぇ」

俺は地上へと戻ってきた、のだが……。

「『なんじゃこりゃ!?』」

俺とペットどもが、驚愕《きょうがく》する。

そこには……。

冥界の魔獣どもと、聖騎士達が戦っていた。

「ひぎいぃ！」「うぎゃああ！」「もうだめだぁあ！」

聖騎士達が剣や盾をつかって、魔獣たちを追いかえそうとしている。

だが、完全に防戦一方だった。

「！　み、見ろ！　あれを！」

「あれは！　まさか！」

「「ゴッドノア様だあああああああああ！」」

え、ええ……なにこれ？

聖騎士達が俺を見て、涙を浮かべる。

「ノア様！　お帰りになられたのですね！　信じておりました！」

「お、おう……たしかクィナだったな」

ボロボロのヨレヨレ状態の聖騎士、クィナが、俺を見て涙を流す。

「やはりご無事でしたか……！　みなのもの！　我らが神は、健在です！」

「「うぉおおおおお！　神いぃいいいいいいい！」」

聖騎士達は俺の帰還を喜び、雄叫《おたけ》びを上げる。

魔獣達は俺を見て、その場にひれ伏した。

「見なさい！　ノア様が帰ってきた途端、冥界の獣たちがひれ伏しています！　これは、相手が神である、何よりの証拠！」

「『ええー……』」

俺、ロウリィ、ナベリウスはドン引きする。

一方でクィナと聖騎士達は狂喜乱舞してるし……。

「ど、どうしよう……これ……どうなってるの？」

『まあ、落ちたら最後、誰も帰って来れない谷から生還して、冥界の魔獣達を引き連れてたら……そりゃ神扱いされるだろ』

ナベリウスがため息交じりに言う。そ、そんな……！

「ノア・カーター……」

ふらふら、とアクダァマ大司教が、俺の元へやってくる。

「お、おお！　大司教！　良かった、唯一の味方が……！　なあこいつらに言ってやってくれよ！　俺が何者なのか！」

がしっ！

「我らが神、ゴッドノア様をたたえよ！」

「「「たたえよ、ゴッドノア様！」」」

アクダァマ大司教の目が……

目が……信者になってるよぉ～……

『ノアッチやったね、信者が増えたよ』

『まあこれだけ奇跡的なことしたんだ、神と誤認しても仕方あるまいな』

ペットたちが呆《あき》れたように言う。

「そ、そんな！　でもでもっ、俺はただの人間なんだもん！　神なんかじゃないもん！」

『子供みたいに駄々こねたって無駄っすよ』

『またノア様……余計なことするから……』

『ねー、最初の捕まった時点で、余計なことせず転移して逃亡すりゃよかったのに……』

俺の前には、天導教会の聖騎士、上層部の連中、全員揃《そろ》って土下座してる。

「「「我らが神よ！　愚かな我らをお許しください！」」」

「んもぉおおおおおお！　どうしてこうなるんだよぉおおおおおおおおおお!?」

★

わたくしはサラディアス＝フォン＝グラハム。

偉大なるノア様の、婚約者です。

ノア様の将来妻になれるという、なんと幸せな立場でしょうか……。

ある日のこと。

ノア様が神聖皇国とやらに連行されてしまいました！

わたくしは夜も眠れず……ひたすらノア様の帰りを、神（※ノアさま）に祈りを捧《ささ》げていました。

「うぉーい、かえったぞー……」

「そのお声は！」

わたくしは屋敷《やしき》を出て外へ向かいます。

あそこには……ああ！　なんということでしょう！

「ノア様ぁ！」

愛《いと》しい君、わたくしの愛するノア様が……！

ご無事でいらしたのです！

おお、神様《ノア》！　あなたに感謝いたします！

わたくしは涙を流しながら、ノア様の体に抱きつきます。

「さ、サラ……苦しい……」

「はっ！　も、申し訳ございません……つい……うれしくて……」

ああ、生きています。

ノア様が生きてる……なんと素晴らしい……。

ノア様は生きてるだけで最高なのです。

わたくし達領民は、このお方を見るだけで嬉《うれ》しくなり、生きてるだけで毎日ハッピーなのですわ。

「ナベリウス様！」

ノア様の隣にいる、黒いお犬様に抱きつきます。

「ありがとう！　ノア様を、お救いになられてくださったのですね！」

『い、いや……オレ様は特になにも』

「ということは！　やはりノア様が自力で！　ああ、やはりノア様はさすがですわ！」

げんなりしたように、ノア様とナベリウス様がうつむきます。

アンニュイな顔も素敵です！

「すぐに領民達に知らせてまいります」

「ああ、良《い》いって……ちょっと疲れたから寝る……」

ぱんぱんっ！

「「お呼びですか、サラ様！」」

「どっからでてきやがったぁああああああああああ!?」

領主の館に、四天王を始めとした、領民達が全員集合しています！

「わたくしの第二の恩恵《ギフト》【領民召喚《ノアサマノモトヘ》】です！　わたくしがノア様のおそばに居るときに限り、領民を好きなタイミングで召喚できるのです！」

「んもぉおおおお！　余計な能力ばっかり目覚めやがってぇえええええええ！」

ああ！　ノア様が！

わたくしが示した恩恵《ギフト》の力に対して、喜んでくださっている！

「お褒めいただき、光栄です！」

「褒めてねぇえええええええええ！」

ノア様は今日もお元気です！

いついかなる時もノア様は元気いっぱいで、わたくしや領民達に笑顔をくださいます。

なんと素晴らしい……。

やはり素敵……おや？

「ノア様？　そちらの方々は、いったい……？」

領主の館の前には、たくさんの人たちが集まっています。

わたくしたち領民以外の方達です……。

いったい、誰でしょう……？

「なんか、ついてきた……」

「まあ、お客さんですか？　すぐにお茶の用意を」

「あーあー、そういうのいいから……ったく、来るなっつったのに……」

すると白い服を着た方々のなかから、美しい女騎士さまがお見えになります。

亜麻色の髪に、顔には仮面をつけた、白い鎧《よろい》の騎士様です。

「申し訳ございません！　我らは元神聖皇国の聖騎士にして、今はゴッドノア様の近衛《このえ》騎士隊隊長、クィナと申します！」

「まぁ！　まぁまぁ！」

なんということでしょう……！

「あのな、サラ。こいつらの戯言《たわごと》は聞かなくて……」

「ノア様の価値を理解する、新しい領民の方々ですのね！」

「こいつも大概バカだった、くそー！」

『ノアッチどんまーい』

ロウリィ様が、ぺんぺん、とノア様の肩を叩《たた》きます。

「近衛《このえ》騎士……ノア様に仕える騎士様、と解釈してもよろしいのです？」

クィナ様にわたくしは声をかけます。

「いかにも！　あなた様は？」

「わたくしはノア様の妻、サラディアス＝フォン＝グラハムと申します！」

「「「おお……！」」」

ずしゃっ！　とクィナ様を始めとした、近衛《このえ》騎士様たちが跪《ひざまず》きます。

まあまあ、どういうことでしょう……？

「神の妻ということは……まさか聖母様！」

「違う」とノア様。

「はい！」

「「「おお、やはり……！」」」

まあまあ、母だなんて……。

そんな……まだノア様の赤ちゃんを授かってないのに……そんな……。

でもでもっ、いずれノア様の可愛《かわい》い赤ん坊を授かる身ですし、母となのっても、いいですわよね！

きゃー♡

『神に聖母って……そんなたいそうなやつらじゃないっすけどね、こいつら』

『しかも聖母ってなんだか色々ごっちゃになってるな……』

ロウリィ様とナベリウス様もご納得いただいております。

「ノア様♡　わたくし……聖母でもよろしいでしょうか？」

「もう勝手にしてくれ……」

ノア様が、オッケーをくださりました。

クィナ様は近衛《このえ》様たちを見て言います。

「神の了解がでたぞ！　これより我々聖騎士は近衛《このえ》騎士団と名を変え、ゴッドノア様と聖母サラディアス様に、その身と剣を捧《ささ》げるのだ！」

「「応……！」」

こうして、わたくし達の領地に、新しい仲間が増えたのですわ。

★

新しい仲間が増えたことで、わたくしはパーティを開くことにしました。

リスタ様、リスコス様、セバス様、そのほか領民達の皆さまにご協力いただき、領主の館の庭でパーティです。

「これは美味《うま》い！　聖母様はお料理もお上手なのですなぁ！」

クィナ様が褒めてくださります。

うれしい！

「わたくしだけが作ったのではありません。リスタ様♡」

「はーい！」

金髪の、元気なメイドさんがわたくしのもとへやってきます。

「聖母様、そのお方は？」

「初めまして！　わたしはリスタ！　偉大なるノア様の、忠実なるシモベ！」

クィナ様が「おお……！」とのどを震わせます。

「神の僕……つまり、天使さまということでしょうか！」

「そのとおり！」

クィナ様をはじめとした、近衛《このえ》騎士様達が跪きます。

「みな！　天使様の御前であるぞ！」

「くく……あまい、あまいぞ貴様ら……」

そこへ、魔導師長のライザ様、そして騎士団長のテータ様が来ます。

腕を組んで、ふたりともなんだかかっこいい……！

「あなた様達は？」

「我は魔導の探求者にして、ノア様の一の部下……ライザ！」

「そして！　私はノア様を守護するノア様の一の部下……テータである！」

おお……！　と近衛《このえ》騎士様たちから、またも歓声があがります。

「守護天使様達だ！」

「天使様が二人も！」

「「ちょっとまったー！」」

そこへ、今度は魔王ヒルデ様、そして勇者ユリアン様も！

「わしもノア様を守る天使……ヒルデ！」

「拙者はユリアン！　ノア様を守る天使……！」

おおおお……！　と地鳴りが起きるレベルの歓声を、近衛《このえ》騎士様達があげます。

「なんという……聖母様に天使様が、こんなにも！」

「ボクもいるよー！」

リスコス様がわたくしたちのもとへとやってきます。

「サラ様、ご紹介を！」

クィナ様に言われて、わたくしはリスコス様の肩を叩《たた》いて言います。

「この方は偉大なるノア様のご令嬢……リスコス様です！」

「「「なにぃいいいいいい!?」」」

近衛《このえ》騎士様たちが、驚きまくってますわ。

「か、神の娘……つまり神子《みこ》様と！」

「ふふーん、そうだよ～。ボクは神子《みこ》！　その証拠に……じゃじゃーん！」

リスコス様の背中に刺している剣を、掲げます。

「あ、あれは聖剣ファルシオン！」

「かつて存在した最強の剣聖の武器が！」

「神子《みこ》さまに相応《ふさわ》しい武器だ！」

「うぉおおお！　すげえええええ！」

リスタ様、そして四天王の皆さま。

さらに、リスコス様。

彼女たちがドヤぁ……と得意顔で、胸を張ります。

かくいうわたくしも、ちょっぴり得意げです。

「おお！　なんということでしょう……ここは、神の国でしたか！」

クィナ様が涙を流しながら、わたくしたちを見ます。

な、なんだか照れますね……えへへ。

「我々もこの神の軍勢に加わることが出来るなんて、光栄の至りでございます！」

うんうん、とわたくしたちはうなずきます。

そんな姿を、あきれたように、ロウリィ様とナベリウス様が見てます。

『ナベちゃん、どう思うこれ？』

『誰も彼もイカレてやがる……』

『ツッコみ不在の恐怖っすね……』

ロウリィ様達は、長旅でお疲れの様子です。

「かくいうこのお二人も、偉大なるノア様の従者様なのですよっ！」

わたくしはお二人に近づいて、背中を押します。

『ちょっ!?　サラ様……いいっすよ！』

『そうだ！　オレ様達《さまたち》を狂信者のサミットに参加させるな！』

「「狂信者？　だれ？」」

『『おめえらだっ（っすよ）！』』

わたくしは二人をハグしてつれていきます。

「こちらがロウリィ様。ノア様のお猫さまですわ♡」

『ふしゃー！　猫じゃねえし！　魔神だし！』

「そしてこちらはナベリウス様、ノア様のお犬様です♡」

『ふざけんな！　オレ様はほこり高き悪魔だ！』

おおお！

と近衛《このえ》様たちが歓声を上げます。

「魔神に悪魔をも従える！　やはり、ノア様は神っ！」

「「うぉおおおお！　神ぃいいいいいいいいいいいいい!!」」

近衛《このえ》様たちは、大歓声をあげます。

一方で、領民様たちは、得意げな顔で、腕を組み、ふんぞり返ってます。

『ファンミーティングっすね、これ、完全に……』

『古参と新参者の集まりにしか見えないな……ノア様かわいそ』

あら？　肝心のノア様が、いらっしゃいません。

あらあら、どうしたのでしょう……？

わたくしは心配になって、ノア様の寝室へと向かいます。

「ノア様、お加減はどうでしょうか？」

ドアを開けると、ノア様がベッドで悶《もだ》えていました。

「んもぉおおおお！　どうしてこうなるんだよぉおおおおおお！」

ああ、良かった……！

ノア様、元気ですっ！

4話　第七王子は聖なる騎士と戦う（不戦勝）

ノア達がカーター領へと戻ってから、数日後。

クィナ達、天導教会。

その総本山である、大聖堂があるのは、神聖皇国という大きな国だ。

神聖皇国の首都に、白亜の城が存在する。

ここには、国のトップである教皇が存在した。

そこは教皇の謁見のために作られた部屋。

最奥の椅子に座るのは……一人の少女だった。

「エルレイン教皇猊下《げいか》様！」

一人の新米聖騎士が、少女の前に跪く。

新米は教皇の姿を見て、目を丸くした。

そこにいたのが……。

「どうかしましたか？　わたしが童女で、驚いているのですか？」

新米騎士は目を剝《む》く。

教皇を名乗る少女は、五歳にも満たない、幼い子供なのだ。

栗色《くりいろ》の長い髪。目は閉じられている。

真っ白なローブに包まれ、手には巨大な杖《つえ》を持っていた。

新米騎士は焦る。

なぜ、わかったのか……と。

「ふふ……なぜわかったか？　ですか。簡単なことです」

エルレイン教皇は、静かに微笑《ほほえ》む。

「これも、神が授けし奇跡の力なのです」

「す、すごい……人の心を読めるなんて、エルレイン様、すごいです！」

新米騎士が感心する一方で、エルレイン教皇は口元をほころばせる。

「わたしが凄《すご》いのではありません。すべては、奇跡を起こしてくださる、神が凄《すご》いのです」

「はい！　神様、すごいです！」

「そんな凄《すご》い神様のために、あなたがすべきことはなんでしょう？」

「神を守るために、剣をふるい、神に代わって信者たちの盾となることです！」

よろしい、とエルレインは静かに微笑《ほほえ》む。

「本日から着任でしたね。がんばってください。すべては、神のために」

「はい！　エルレイン様と、神のために、がんばります！」

新米の騎士は頭を下げると、部屋を出て行く。

一人取り残されたエルレインは、こつん……と杖《つえ》をならす。

すると、彼女の前に、七人の男女が出現した。
みな、真っ白な装備に身を包んでいる。
「我ら七聖騎士《セブンズ》をおよびでしょうか、エルレイン教皇猊下《げいか》」
七聖騎士《セブンズ》。
それは、聖騎士のなかで、最強の称号を持つ騎士のこと。
教皇を守る近衛《このえ》の仕事も兼任している。
七聖騎士《セブンズ》第一位にしてリーダーの男が、エルレインを見やる。
「サトル。聞きましたか、例の邪神と邪教徒のウワサを」
サトルとよばれたのは、七聖騎士《セブンズ》序列一位の男。
十七歳という若さで、聖騎士達のトップ、そしてそのリーダーに抜擢《ばってき》された男だ。
サトルの特徴としては、黒い髪に黄色い肌。そして眼鏡をかけている。
「もちろんです、エルレイン様」
サトルは立ち上がると、「ステータス、オープン」と言う。
彼の前には、半透明な板が出現した。
その中からボタンをおして、なかから巻物を取り出す。
魔法巻物《マジック・スクロール》。
魔法を保存しておく不思議な巻物だ。

スクロールを開くと、空中に、不敵な笑みを浮かべる、王子の姿がうつる。

「ノア・カーター。ゲータ・ニィガ王国の第七王子で、現在はカーター領の領主となっております」

ふてぶてしそうな表情。

ボサボサの髪。

赤いマントに着崩した姿。

「とても、一国の王子とは思えないですね」

「ええ、その通りです。こやつは王国内での評判は最悪で、【無能王子】と呼ばれておりました……しかし、カーター領に着任してから、その真の実力を……いいえ」

サトルは眼鏡をくいっ、と上げて言う。

「本性をあらわにした、ということです」

次のスクロールを取り出して、空中に放り投げる。

自動で巻物が開いて、空中に映像が出る。

そこには、火山亀を一刀両断するノアの姿。

さらに悪魔の軍勢を一人で退けたり、黄泉《よみ》の谷から生還したり……。

「尋常ならざる力を隠し持っていたのです。それはまさに、神のごとき力」

「……不敬な輩《やから》ですね。人間の分際で、神を偽るなど」

「全くもってその通りでございます」

サトルが巻物を仕舞う。

「しかしながらノア・カーターの影響力は凄《すさ》まじい。この大陸で最も力を持つマデューカス帝国、そして、我らが天導教会の聖騎士や上層部の【一部】をその支配下に置いたのですから」

そう、クィナやアクダァマたちは、あくまで大きな組織の一部でしかないのだ。

「離反した聖騎士や上層部の処遇はどういたしましょう」

「もちろん、決まっております」

エルレインは穏やかに、言う。

「処刑です。神に背いたのですから、ノア・カーターもろとも……鏖殺《おうさつ》（みなごろし）です」

「おお、やはり……！」

エルレイン教皇は、神の教えに背くものたち、そして、神を偽るノアにたいして、激しい怒りを抱いていた。

「ノア・カーター……特にあなたは許しません。この神の代行者である、わたしが……必ず息の根を止める！」

エルレインが怒りの波動を放つと……。

ごぉ……！　と周囲に突風が吹く。

彼女の背後に、巨大な翼を生やした石像のようなものが現れる。

「いつ見ても、エルレイン様の【天使】は、お美しい……」

うっとり、とサトルが恍惚《こうこつ》の笑みを浮かべる。

彼女が顕現させたのは、天使。

神の使徒たるエルレインのみが従えられる、尋常ならざる存在。

「サトル」

エルレインは七聖騎士《セブンズ》たちを見渡す……。

「それに、ルミ。ミサト。トウヤ。ヤヒコ。コータ。タイチ」

七聖騎士《セブンズ》たちの名前は、この世界では聞き覚えのないものばかりだ。

「「ハッ……！」」

「ノアを見つけ次第、滅するのです」

「「御意……！」」

仲間達が散開し、サトルだけが残される。

「エルレイン様、普段冷静な貴女《あなた》が、今日ばかりはこのような怒りをあらわにするのは、何か理由があってのことですか？」

「ええ。当然です。ノア・カーターは神を……そして何より、わたしの【師匠】を侮辱したからです」

「エルレイン様の……お師匠さま、ですか。どんなかたなのです？」

「素晴らしいお人でした……」

うっとり、とした表情を浮かべる。

「それは数世紀前、わたしがまだ小娘だった頃のこと」

……そう、エルレインはこんな幼い見た目だが、その実、何世紀も生きる人外の化け物なのだ。

「神の教えに目覚めていなかったわたしは、単なる孤児でしかありませんでした。そこに……通りかかったのです。賢者ノアール様が！」

エルレインは恋する乙女のような表情で、熱っぽくつぶやく。

「賢者……ノアール、さま、ですか」

「ええ！　彼は素晴らしい魔法の才能をお持ちでした！　その魔法はまさに、神の奇跡！」

賢者ノアール……。

それは……とある人物の、前世の姿なのだが、もちろん、エルレインは知らない。

「わたしは直感しました。彼こそが、真の神の代行者……否！　現世に舞い降りた、神なのだと！」

「ノアール様が、神、ですか？　いささか理論が飛躍しすぎて……」

サトルが意見しようとすると……。

エルレインの、閉じた瞳が見開かれる。

天使が動き、その手に光の剣を出現させる。

人の目では決して追えない速度で、サトルの首をはねた。

ぼと……。

「ノアール様の侮辱は、サトル、あなたであっても、許しませんよ」

首を落とされたサトルだったが……。

「大変失礼いたしました。以後、気をつけます、エルレイン教皇猊下《げいか》」

落ちた首が、逆再生するかのように、元に戻る。

「あなたが授かった不死の力……それもまた神の力。大切に使いなさい」

「御意」

七聖騎士《セブンズ》はそれぞれ、恐ろしい魔法を使う。

サトルの持つ魔法は、不死の魔法。

決して死なないという、最強の能力……。

「ノアール様は神である、という話でしたね。あのお方の魔法は、常軌を逸していました。まさに神の業……」

「つまりエルレイン様はこうおっしゃりたいのですね。ノアール様は、実は神の生まれ代わりで、現世に顕現するための肉体だったと」

「その通りですサトル。理解が早くて助かります」

天使を扱えるほどの強大な魔法の使い手、エルレインがここまで心酔するのだ。

ノアールという人物は、それを凌駕《りょうが》する力を持つのだろう。

なんてひとだ……と戦慄するサトル。

「わたしはノアール様に弟子入りしました。あのお方はわたしに、手取り足取り、優しく、神の奇跡を扱う術をおしえてくださったのです……」

はぁ……と悩ましげに吐息をつく。

「ですが、ノアール様は天界へとお戻りになられました」

死んだ、ということだ。

「ですが、ノアール様はいつも、天から我々のことを、見守ってくださっているのです……ああ、ノアール様……」

ようするに教皇は、ノアールの弟子であり、信者ということだ。

エルレインはノアールを神の転生体だと思っており、神（ノアール）の名を騙《かた》るノア・カーターを、許せない、ということらしい。

……それが、同一人物であることを、もちろんエルレインはおろか、七聖騎士《セブンズ》たちも知らない。

「サトル。七聖騎士《セブンズ》たちを使い、ノア・カーターをここに連れてきなさい。わたしが……神に代わって、ノアを裁きます」

いたく真面目な表情でエルレインが言う。

ロウリィがその場に居たら、『え、何のギャグっすか……』とツッコんだことだろう。

もちろんノアールは神などではない。

それに、ノアールとノアは同一人物だ。

……もし、弟子であるエルレインが、その事実を知ったら……。

「エルレイン教皇猊下《げいか》の御命令、必ずやこのサトルが、遂行して見せます」

サトルはそう言って立ち去っていく。

エルレインはひとり、怒りのボルテージを上げる。

「ノア・カーター。神を偽る不敬、死をもってつぐなってもらうぞ！」

かくして、また新たな悲劇……もとい、喜劇が、始まろうとしていた。

★

ノア・カーターを捕縛する。

天導教会のトップ、教皇エルレインからそう命令された聖騎士達は、カーター領へと向かっていた。

七人の選ばれし聖騎士……七聖騎士《セブンズ》。

彼らの特徴は、みな黒い髪に、黄色の肌をもっていること。

「サトルさん。敵です」

道中の草原にて。

リーダーであるサトルの仲間、ルミが立ち止まって言う。

「モンスターの大軍です。スタンピードかと」

モンスターの繁殖期に見られる現象だ。

大量に増えたモンスターが、人里を襲う。

スタンピードに遭遇した村は最後、草の一本すら残らないという。

「ルミ。敵の数と位置を教えろ」

「敵はＢランクモンスターのオーガ。数は一万」

ルミは目を閉じて言う。

彼女の持つ能力〝千里眼〟の効果だ。

「ふん。たった一万か……少ないわね、サトルぅ？」

「そうだな、ミサト」

長い髪の女……ミサトが、にやりと笑う。

「あたしがやろっか？」

「そうだな。ミサト、そしてトウヤ。君たちに任せる」

「「了解！」」

長い髪の女と、そして背の高い男が、それぞれうなずく。

「ヤヒコ。転送よろしく」

「あいよー」

ヤヒコとよばれた小柄な子供が、ぱんっ、と手を鳴らす。

その瞬間、ミサトとトウヤが消える。

ヤヒコの能力だ。〝大転移〟。

対象を自在に転移させる。

ミサトとトウヤが現場へと到着する。

彼らがいた場所から、一〇〇キロは離れた草原。

ルミの千里眼は、こんなにも遠くの敵を感知できるのだ。

「さて……やるか、ミサト。おれが打ち上げるから、あとはよろしく」

「おっけートウヤ。うまくやりなさいよ」

トウヤはひとり、前に立つ。

オーガの群れが、こちらに向かって走ってくる。

「グゴァアアアアアア！」「グロラァアアアアアアア！」

一万のオーガ。

それは……もはやモンスターの群れというレベルではない。

津波、洪水といった、自然災害のそれだ。

たったひとりで、立ち向かうなど……不可能な代物。

しかし……。

「さぁ来やがれ！　悪鬼ども！　おれたち天導教会の聖騎士さまが、てめえらを主のもとへおくってやるぜ！」

すっ、とトウヤが拳を構えると、地面にたたきつける。

トウヤが殴ったことで発生した運動エネルギーが、向きを変え、増幅され、そして……。

ドガァアアアアアアアン！

エネルギーは地面を伝って、一万ものオーガの体を、上空へと吹っ飛ばした。

「〝ベクトル変換〟……おれはあらゆるエネルギーの向きを操作できるのさ……てめえらの走ってくるエネルギーを逆に利用させてもらったぜ！」

上空へと吹っ飛んだオーガの群れ……

それを見据えるのは、ミサト。

「良《い》い仕事よトウヤ。あとはお姉さんにお任せ！」

ミサトは手を広げて、人差し指と親指で、銃の形を作る。

「バンッ！」

拳銃を、打つ動作。

それはごっこ遊びをする子供のような所作。

しかし威力は絶大だ。

ドッバァアアアアアアアアアアン！

空中に投げ出された一万のオーガの軍勢が、爆発したのだ。

体の内側から破裂した。

「あいっかわらず、ミサトの〝Xガン〟は凄《すご》いな。視界に入れた対象を、内側から破裂させるとか。えげつねえ」

トウヤが大軍を上空に投げ出したのは、彼女の視界に敵を入れるためだ。

固まって動いている敵だと、すべてを視認することができないから。

「終わったわよー、ヤヒコ。転移して」

しゅんっ、とトウヤとミサトが、サトル達のもとへ帰ってくる。

サトル↓不死。

ルミ↓千里眼。

ミサト↓Xガン。

トウヤ↓ベクトル変換。

ヤヒコ↓大転移。

……そのどれもが、この世界では破格の威力を持つ、特殊能力だ。

さもありなん、彼らは天より、特別なチート能力を与えられた、選ばれし存在なのだから……。

「さて、諸君、行こうか」

サトルたちはカーター領を目指して歩く。

「しかしよー、そのノア・カーターってやつ、どんなやつなんだ、サトル？」

トウヤが手を頭の後ろに組んで尋ねる。

「エルレイン様曰《いわ》く……神を偽る不届き者だそうだ。ただ……恐ろしく強い」

「へぇ……腕が鳴るなぁ……楽しみだぜぇ！」

オーガ一万体を吹き飛ばすほどのパワーを持つトウヤが、好戦的に笑う。

「ちょっとトウヤ……あたしにもやらせなさいよ。あたしの銃で頭をぱーんって、吹き飛ばしてやるんだから」

モンスター一万匹を、虐殺した女……ミサトがにやりと笑う。

「ああ……どんな顔で泣き叫ぶのかしら……楽しみだわぁ」

「うげえ、ミサト。趣味悪いぞ……さすがドＳ」

「ノーキンゴリラがうっさいわ」

「んだと!?」

「そこら辺にしておけ」

サトルたちはカーター領の入り口へとやってきた。

「リーダー、これからの作戦は？」

最年少、ワープ使いのヤヒコが言う。

「そりゃもちろん、皆殺しだろ？」

トウヤの言葉に、サトルが首を振る。

「あくまで今回は、ノア・カーターの捕縛のみ。それと情報収集だ。ほかの領民達に手を出すことは許さない」

「ならまずは、近くの村へ行って腹ごしらえと情報収集かしら」

ミサトの言葉にサトルがうなずく。

「各人、わきまえよ。我々は神の代行者であって、無差別殺人者ではないことを」

「わかってるってば……しかし、おれらに逆らう奴らは、殺しても構わないんだろ？」

トウヤに言われて、サトルがあっさりとうなずく。

「無論だ。我らの神に逆らったことと同義だからな。領民だろうと、逆らうのなら……殺して良い」

「くくく……たのしみだぜぇ！　待ってろカーター領！　ま、どんなとこか知らねえけど、ド田舎なんだろうなぁ、おれの実家と同じで」

トウヤが言うと、ミサトがうなずく。

「確かあんたの実家、長野のクソ田舎だっけ」

この世界では、なじみのない地名を言う。

「あー……そうだよ。ああでも……懐かしいなぁ……」

「そうね……もうあたしたち、帰れないものね……」

そう、彼女たちは実は、異世界からやってきた、異世界転移者なのだ。

「気を引き締めよ。われらの故郷へはもう帰れない。ここが、われらの第二の祖国。国のために戦うのだ」

サトルがみなを見回す。

彼らは全員、どこかあきらめたように……うなずく。

「では、参るぞ」

★

数時間後。

宿屋にて。

「「この街、しゅ、しゅげぇえええええええええええええ！」」

街の中で情報収集を終えた七聖騎士達《セブンズ》……。

「ど、どうしたのだ、おまえら？」

困惑するサトルをよそに、残り六人の聖騎士達が、目を輝かせて言う。

「サトルすげえよ！　この街……漫画あった！」

「は？　コミックなら、この世に普及してるだろ……」

「違うんだよ！　漫画！　スラダンがおいてあったんだよ、スラダンが！」

「ハッ!?　ば、バカなことをいうな！」

スラダンとは、サトルたちの世界で、大流行したスポーツ漫画だ。

「この異世界に存在するわけがないだろ！」

「そう言うと思って、買ってきたぜ！」

トウヤから漫画を渡される。

それは……紛れもなく、元の世界で流通していた、スラダンの漫画だった。

「うそ……だろ……」

呆然《ぼうぜん》と、彼がつぶやく。

トウヤはぐすぐす……と涙を流す。

「もう二度と読めないかとおもって……あきらめてたんだ……けど、この街に売ってたなんて、なんて……すごい街なんだ……」

そして、その一方で……。

「ねえサトル！　聞いてよ、マックのハンバーガーが売ってたのよ！」

「そんなわけがあるか!?」

マックとは、彼らが元いた世界でふつうに存在した、ハンバーガーチェーンのこと。

もちろんこの世界にもバーガーはあるが、向こうのものとは比べものにならないほどまずい。

しかし……。

「見てみなさいよ、ほら！」

ミサトがもっている紙袋の中に、懐かしの、マックのバーガーが入っていた。

恐る恐るサトルが手に取って一口食べる。

「うぐ……ぐす……」

サトルは、懐かしさで涙を流す。

「マックの味だ……」

「ね！　すごいでしょ！　この街……！」

サトルは涙を拭きながら、久しぶりに食べるマックのハンバーガーを完食する。

「ほかにも映画館やボウリング場などの娯楽施設も充実していたぞ」

ヤヒコからの報告を聞いて、サトルが信じられない……と驚愕《きょうがく》の表情を浮かべる。

「なぜ、この世界に、われらの世界の漫画や食い物などの文化が……？」

すると、サトル以外の面子《めんつ》が、口をそろえて言う。

「「ノア・カーターのおかげだそうだ」」

「ノア……おかげ？」

トウヤ達が、街の人たちから聞いた情報を語る。

「ノアはどうやら、異世界の文化に造詣が深いらしい」

「部下達に命令して、異世界の文化を積極的に普及させているそうよ」

「結果、領民達はみな幸せに、便利な生活を送れているそうだ」

サトルは困惑する。

「ば、ばかな……ノアは、神に背くものではなかったのか？」

するとルミが首を振って言う。

「……領民達は、みんな笑ってました。ノア様は領民達の暮らしが豊かになるようにと、色んなアイディアをだして、資金援助も積極的に行っていると……」

「なんだ、それは……最高の領主みたいではないか」

……真相は、違う。

ノアが異世界の文化を流行《はや》らせたのは、単に自分が楽しみたいからだった。

ノアには禁書庫の魔神、ロウリィがついている。

彼女は異世界の知識をもっており、その中に出てきた便利なアイテムや、美味《うま》いグルメなどに、興味を持った。

　そして、自分のためだけに作らせた。

　……ようするに、領民達を豊かにする気などサラサラなく、自分のために、やったこと。

　それを領民達は、自分たちのために色々やってくれる、と解釈している。

　結果、七聖騎士《セブンズ》達に、誤った情報が、入ってしまった次第だ。

「なあサトル。本当にノアは、悪いやつなのか？」

「……どういう意味だ、トウヤ？」

　トウヤは真面目な顔で言う。

「本当に悪いやつなら、領民達はもっと暗い顔をしてるだろ。でもここのやつらは……みんな笑ってる」

「き、貴様！　エルレイン様を否定する気か！」

「そうじゃねえ。そうじゃねえよ……ただ、殺すほどの悪いやつなのかなって」

「あたしも同意見よ。少なくとも、ほかの七聖騎士《セブンズ》たちも、トウヤと同じ気持ちよ」

　うんうん、と六人がうなずく。

「くそっ！　簡単にほだされよって！」

　サトルだけが信じてない様子だ。

「どうせおおかた、ノアを殺したら、異世界の文化が味わえなくなるとでも思ってるのだろう!?」

「まあ否定はしねえよ。けど、本当の悪人なら、異世界の物を悪用して金儲《かねもう》けするはずだろ？」

「ぐ……！　そ、それは……」

……ノアが思いついてない無能ムーヴを、思いつく聖騎士。

「漫画もハンバーガーも、金になる。稼ごうと思えばいくらでも富を築ける。そうせずに領民の暮らしを向上させてることに終始しているってことは……いいやつなんじゃないの？」

違う。単にノアは、そこに、価値があると思ってないだけ。

というか、思いついてないだけ……もっといえば、バカなだけだった。

「もういい！　おまえらはここにいろ！　ノアのもとへ、直接乗りこんで確かめてくる！」

サトルは仲間達を残して、ひとり、カーター領主の館へと向かう。

「認めない！　絶対に認めてなるものか！　我らが信じるべきものはエルレイン様、そして、神だけなのだからな！　絶対に、ほだされたりしないからな！」

★

第七王子ノアが、神聖皇国の教皇の怒りを買ってしまった。

教皇の命令により、最強の七聖騎士《セブンズ》は、カーター領へとやってきた。

リーダーであるサトルは、ひとりカーター領主のもとへ向かっていた。

「…………」

黒い髪に黄色い肌が特徴的。

その顔つきは、この世界の人間のモノとは、かけ離れてる。

「まったく！　ルミ達の馬鹿者どもが！　ちょっと元の世界の娯楽をちらつかされただけで、心変わりしよって！」

元の世界……そう、サトルたちはこの世界の住人ではない。

地球と呼ばれる異世界から、こちらの世界へとやってきた、異世界転移者だ。

「なにが漫画だ！　なにがマックのハンバーガーだ！　くそ！　そんなもの……そんなもの……もう……」

サトルが悲しい表情を浮かべる。

ぎり、と握りしめる。

「……おれたちは、もう元の世界に、二度と帰れないのだぞ」

と、そのときである。

村を出て領主の館に向かう途中の、森の中。

「ぐるる！」「がるるるうぅ！」「ぐがぁあ！」

大量の狼《おおかみ》型モンスター白狼《ホワイト・ファング》に、取り囲まれていた。

サトルは特段慌てた様子もなく、まっすぐ進む。

狼《おおかみ》たちが、サトルの体に嚙《か》みつく。

ガブッ……！

しかし……。

「なんだ、それで終わりか？」

体中を、狼《おおかみ》の牙に貫かれても、サトルは平然としている。

サトルが腰に佩《は》いた剣を抜いて、一閃《いっせん》。

体にまとわりついた狼《おおかみ》たちは、一瞬で粉みじんにされた。

ちん……と剣を鞘《さや》に戻す。

穴だらけの体が、まるで逆再生するかのように、戻っていった。

「不死の力……か」

異世界転移者達はみな、この世界に来るときに、神から並ぶ者のない力を与えられている。

サトルの持つ異能は不死。

決して死ねない力。

恐ろしい力……なのだが。

「……こんなもの」

ぎりっ、と歯がみする。

「こんなもの……もった状態で、元の世界に戻れるとでも、思ってるのか？」

彼が今いる世界では、神の奇跡で通じるこの不死の力。

しかし現代日本に、そんな力は不必要だ。

最悪、異端者として、排斥されるのが関の山である。

「……ここが、おれたちの、唯一いられる世界なんだ。ファンタジーで、魔法が使える、ここしか……おれの居場所はないんだ。だから……だから……」

ぎゅっ、とサトルは拳を握りしめる。

「おれは、おれに与えられた責務を全うする。おれは神の代行者なのだから！」

サトルはその瞳に怒りを浮かべる。

「ルミたちみたいに、元の世界を懐かしむことはしない！　わかったかノア・カーター！　おれは……絶対、貴様にほだされたりなんてしないぞ！」

★

サトルがやってきたのは、カーター領主の館から、少し離れた場所にある、【アインの村】。

「ここにやつがいるのか……？」

領主の館を訪ねたのだが、留守であると、執事に言われてやってきたのがこの村だった。

「酒場じゃないか、ここ」

村ではあるものの、ノアの（というよりサラ）のおかげで領内の経済は潤っている。

辺境のこの地にも酒場があるのだ。

「のんきに酒盛りか……くそ！　腹立たしい！」

がらっ、とサトルが扉を開けると……。

「「がはははははっ！」」

なかから、大声が鼓膜を震わせる。

カウンターには、確かにノアがいた。

いた、のだが……。

「ノアしゃま～♡　らいすき～♡」

「ろりえもーん♡　らいしゅき～♡」

……状況を確認しよう。

現在、カーター領内の村の、酒場。

奥のカウンターにて、酒を飲んでいるのは、領主ノア・カーター。

だが彼の顔は真っ赤だった。

その隣、カウンターの上には、一人の美しい女が座っている。

報告によるとロウリィという、ノアの従者らしい。

こちらの女もまた、顔を真っ赤にしていた。

「ノアッチ～♡　ちゅーして、ちゅー♡」

ロウリィが、べろんべろんに酔った表情で言う。

「んも～。しかたないなぁ、ろりえもーん」

ノアもまたベロベロに酔っており、その唇にちゅっちゅっ、とキスをする。

「ぬへへ～♡　ノアッチらいしゅき～。ちゅーのおかえし～♡」

ちゅうちゅう、と彼女がノアの唇にキスをする。

「やーん、ノアッチとちゅーしちゃった～♡　恋人じゃないのに～♡」

「ばーか、おまえ……俺たち主人とペットだぜぇ？　ペットが主人にキスするの、何が悪いんだよー？　おーん？」

「たしかに～♡　ぜんぜんおかしくなーい♡　のーかうんと！」

「そうだそうだ！　ノーカン！　ノーカン！」

「ノーカン！　ノーカン！」

「「がははははは！」」

……なんだこれは。

サトルは首をかしげる。

人相を確認すると、たしかにノア・カーター本人だ。

だが……

「ほ、本当にこの……アホ丸出しの、酔っ払いが、ノア・カーターなのか？」

すると……。

「おーん？　なんすかぁ、てめえ？」

ロウリィが、サトルに気づいた。

ぎろり、とにらみつけてくる。

「今ノア様のこと、ばかにしただろ？　おおーん？」

「あ、いや……別に……」

別に小娘など怖くもなんともない。

だが……この少女から湧き上がるのは、莫大《ばくだい》な量の魔力。

「な、なんだこれは……？」

ロウリィは魔神ゆえに、魔力量はそこらのモンスターや魔族を遥《はる》かに凌駕《りょうが》している。

「いいかてめえ！　ノア様をばかにしていいのは、世界でただひとり！　このロウリィ様だけなのだー！　ひかえおろー！」

「ひゅーひゅーろりちゃんかっこいー！」

……ノアもロウリィも、完璧に、一分の隙もなく酔っ払っている。

しかしロウリィから立ち上る魔力量は一級品だ。

「い、今すぐ駆除を！」

「まあまあまあまあ落ち着けよ」

「なっ!?　い、いつの間に!?」

先ほどまでベロンベロンにくだをまいていたノア。

一瞬で、サトルの隣に移動していた。

ぽんっ、と肩に腕を回される。

「うちの連れが迷惑かけちまったなぁ、お詫《わ》びに酒おごってやるよぉ」

「あ、いや……おれは……」

「ああーん？　てめえ……ノアッチの酒が飲めないんすか～？　おおーん？」

とくとく、とノアが酒をグラスに注ぐ。

それは、透き通るような液体に……サトルは見覚えがあった。

「これ……もしかして……」

グラスを手に取って、一口飲む。

その……さらりとした口当たりの酒を、彼は知っていた。

「うぐ……ぐす……うぅうう……！　こ、これ……日本酒だぁ……」

サトルは、涙を流す。

なぜならば……

「とうちゃん……かあちゃん……」

サトルの家は、代々酒蔵だった。

サトルは田舎の、名門の酒蔵の長男に産まれた。

だが家を継ぐのがいやで、都会に出てきたのだ。

そして……トラックにひかれて、二度と、故郷へと帰れなくなってしまった。

そこへ……故郷の酒が出てきて、涙を流したのである。

……と、このような重い設定を抱えているサトルなのだが……。

「お、どうしたー？」

「美味すぎて……馬になっちゃったわねぇ？」

「ぎゃははは！　美味《うま》い！　ロウリィ、今の美味《うま》いねえ！　馬だけに！」

「でっしょー？　馬だけに！」

「「がはははははっ！」」

……サトルの内情などまったく考慮せず、単に酒飲んで騒いで酔っ払っていた。

「もしかしてノア・カーター……貴様、おれが酒蔵の息子だってことを、知っててこれを出したのか……？」

もちろん、そんなわけがない。

「うめーだろーこれぇ？　ろりえもんと一緒に作ったんだよぉ。ねー♡」

「そうっすよぉ。ノア様が美味《うま》い酒のみたいってゆーからー、本当は女神様から、異世界の知識あんまり、現地人に教えちゃだめーって言われてたけど、教えちゃったんすよぉ」

「あー、いけないんだーロウリィ。どうして俺に教えちゃったんだよぉう♡」

「そんなの……ノアッチが好きだから決まってんだろ、言わせんな、恥ずかしいっ」

「きゃっ♡　ろりえもんかーっこうぃ～」

……とまあ、私利私欲のためだけに異世界の酒を造って、のんでいるだけ。

サトルに振る舞ったのも偶然。

しかし……。

「ノア・カーター……おまえは、敵にすら塩を送るのか……。そして……敵の事情を知り、慈悲をかけているのか……？」

勝手にそう解釈してしまう、サトル。

「ごちゃごちゃうるせー！　俺の、酒を飲めぇい！　ロウリィ！　こいつにおしゃくしてやれ！」

「ったく、しかたねーっすなぁ」

ロウリィは尻尾を伸ばして、日本酒の瓶を持ち上げると、サトルに注ぐ。

「さぁのめ！　のんでのんでのんで！」

「はいいーっき！　いーっき！　いーっき！」

完全に飲み会のノリで、サトルに酒を飲ませるノアたち。

サトルは故郷の酒を、のんで、のんで……そして……。

「「「ぐー……」」」

いつの間にか、三人とも酔い潰れて眠ってしまった。

★

明け方。

「うー……あったまいってえ……」

ノアが目を覚ますと、強烈な二日酔いを覚えた。

「飲み過ぎた……記憶がまったくねえ……」

店の明かりは落ちていた。

どうやら酒場で飲んでそのまま寝落ちしていたらしい。

「おいろりえもん、帰るぞ……って、誰だ、こいつ？」

ノアの隣に、見知らぬ眼鏡をかけた人物がいた。

サトルのことを、完全に覚えてなかったのだ。

「からみ酒しちまったか？　うわ、めんどくせー……二日酔いを俺のせいにされたら、たまったもんじゃねえわ」

ノアは手を頭上に掲げる。

「【浄化《ピュリフィケーション》】」

それは毒や状態異常、そして呪いを解く浄化の魔法。

これには二日酔いにも、効果がある。

すうぅ……とサトルの顔から、苦悶《くもん》の表情と……。

そして、あれも消えた。

「これでいいだろ。二日酔いまで俺のせいにされちゃこまる……おいろり、帰るぞ」

テーブルの上で大の字で眠る白猫の腹を揺する。

『ぬへへ～♡　もうたべられないっすぅ～……』

「ったく、しかたねえ猫だな」

ノアはロウリィの首根っこをつまむと、その場を後にしたのだった。

★

「ノア・カーター様！　おれを、あなた様のもとで働かせてください！」

「ふぁ……!?」

後日、ノアの館にて。

サトルが目を輝かせながら、ノアを見上げている。

「え、なに……君……だれ？」

「おれは聖騎士のサトルと申します！　先日は大変お世話になりました！」

「先日……？　先日……ああ！　酒場にいた兄ちゃんかおまえ！」

ノアは合点《がてん》がいったように言う。

『つーか聖騎士だったんすねこいつ？』

「そんなおまえが何用だよ？」

サトルは跪《ひざまず》いて言う。

「是非ともノア様……ゴッドノア様のもとでお仕えしたく！」

「ブッ……！　ちょ、え……？　なんで!?　なんでそうなるのなんで!?」

『聖騎士って、ノア様を目の敵にしてるんじゃなかったんすか？』

ロウリィが首をかしげると、ノアもまた同意するように言う。

「そうだよ！　偽の神ってことで、一度捕まえたじゃん俺のこと！」

サトルは首を振る。

「あれは間違いでした。ノア様……あなた様こそが、神……！」

その目を見て、ノアは瞬時に悟る。

アクダァマ、そしてクィナ達……そしてなにより、カーター領民たちと、同じ眼《め》をしていた。

「あなた様は、おれの悩みを聞いてくださっただけでなく、呪いまでも解除してくださった！」

「は？　の、呪い……？」

「はい。おれには、不死の力が宿っていたのです。それを解いてくださったのがノア様、あなたなのですよ！」

あの場において、ノアが使用した浄化魔法。

それは二日酔いだけでなく、サトルに宿っていた不死の呪いすらも、解いていたのだ。

……もちろん、そんなの偶然だ。

「ノア様はおれのような矮小《わいしょう》な人間の悩みなど、お見通しだったのですね！」

「え？　え？　え？」

「やはり神……ノア様は、神だったのですね！」

『え……こわ……なんなんすかこいつ……』

サトルはバッ、と頭を下げる。

「天導教会が誇る最強の騎士、七聖騎士《セブンズ》のサトル、本日より真の神であるノア様にお仕えします！」

ノアはそれを見て、深々とため息をついて、そして頭をかかえる。

もちろん……。

「どうしてこうなったぁあああああああああああああああああ!?」

★

オレ様はソロモンの悪魔、ナベリウス。
今日はオレ様の周りの異常なやつらの話をしよう。
朝目が覚めると、オレ様はベッドの下から這《は》い出《で》る。
ぐいっ、伸びをするがオレ様は誇り高き悪魔であり、犬ではない。
だが窓に映るオレ様は、どう見ても黒い大型犬。
この姿にした張本人は、ベッド上で絶賛眠っている。
「んがー……ふごー……」
オレ様は顎をベッドの上に載せる。
黒髪の青年が、だらしない感じで眠っている。
ノア・カーター。
このカーター領の領主であり、いちおうオレ様の飼い主ということになる。
『ふごー……ふごー……』
ノアの隣であほ面をさらして眠っているのは、白猫ロウリィ。

ノア様はロウリィを抱っこして、まるで胎児のように丸くなって寝てる。

一方でロウリィもノアに頰を寄せ、仲良しこよしと言った体で眠っている。

「…………」

オレ様はため息をつくと、二人に向かってバウワウと吠《ほ》えるがあくまで悪魔だ。

『起きろ、バカども。朝だぞ』

「『あと五分〜……』」

『そう言って一時間でも二時間でも寝てるんだから、ダメだ』

バウワウと吠《ほ》えまくると、ノア達はとても嫌そうな顔で起きる。

「ロウリィ。なんか最近近所の飼い犬がうるさくないか？」

『それわたしも思ったっす。無駄吠《ぼ》えが多いというか』

「声帯取るか」

『鬼か貴様らは！　あとオレ様は悪魔だ！　あくまでもな！』

きょとん、とした表情になるノアたち。

そして……。

「『ぷぷぷー！』」

ノアとロウリィが、顔をつきあわせて、笑う。

「ろりえもんさん、聞きました？　あくまでも、悪魔ですって！」

『ぷぷぷ！　聞いたっすよノアッチ～。ナベちゃんの……ぶふっ、渾身《こんしん》の滑りギャグを……！』

なっ!?　し、しまった、ダジャレだと思われてるらしい！

『ば、ばか！　ちがう！　別にダジャレのつもりでいってない！』

「いやいやいや、いいんだよナベ。面白い……ぶふっ、滑りギャグだったよ」

『ノア様だめっすよ、まるでナベちゃんがぶふ……滑ったみたい……ぶふっ！』

『かみ殺すぞ貴様らぁあああ！』

「『わはははー！』」

バカップルどもを部屋から追い出す。

のそのそと朝食を取った後、ノアたちは執務室へと向かう。

「おはようございます、ノア様。本日のお仕事です」

「お、おう……セバス。おはよう」

ノアの前には、大量の書類の山が積まれる。

若干引き気味のノア。

老執事は頭を下げて、部屋を出て行く。

「よし、ナベ！」

『なんだ？』

オレ様はノアの足下で眠っている。

「影武者ちぇーんじ！」
『早すぎるだろ!?』
影を使って、外見を変える力がオレ様にはある。
それをこの無能王子は悪用し、オレ様を影武者に仕立て上げるのだ。
『貴様ここにきてまだ五分もたっとらんじゃないか！』
「五分も仕事しちまったよ。ふー……いい汗かいたぜ」
『何も手を付けてないだろうが！』
そんな風にサボっているノアを、ロウリィはじぃっと見つめる。
『おい白猫、お前からも何か言ってやれよ』
『そっすね……』
この猫は魔神であり、ノアの従者だ。
主人の行為をたしなめるのもまた、従者の仕事。
『天気も良《い》いですし、お外へ視察《デート》行くのはどうっすか？』
『おいぃいいいいいいいいいい！』
貴様もかッ！
「お、いっちゃう～？　デート、いっちゃう～？」
『ばっか。視察かっこデートかっことじ、っすよー』

「おっとそうだったな～。視察デートだな！」

『そっすそっす！』

このアホどもは、サボることしか考えてない！

ぴょんっ、とロウリィがノアの肩に乗っかる。

ノアは窓枠に足をかける。

「『じゃ、後ヨロシク』」

バッ……！　とノア達は飛び降りていった。

『まったく、なぜオレ様がこんなことを……』

オレ様は見た目をノアに変えて、執務仕事をする。

といっても、オレ様がするべきことはすくない。

せいぜい、書類に目を通し、承認の判子を押すくらいだ。

これくらいに仕事を簡単にしてるのは、ひとえに、ノアの妻であるサラディアスのおかげである。

あの女が辣腕を振るい、ノアへの仕事を軽減させ、その上で更なる領地の発展のための施策を次から次へと打ち立てているのだ。

『もう領主は妻に譲って、恋人と隠居すれば良いのにな……』

と、ため息をついていた、そのときだ。

コンコン……。

『だれだ？』

「サラディアスですわ♡」

件《くだん》の婚約者が、部屋に入ってくる。

青い髪の美しい女だ。

「あら？　ノア様はおでかけなのですわね」

と、ノアのかっこうをしているオレ様を見て、サラは微笑《ほほえ》んで言う。

『毎回思うが、どうして偽物と本物の区別がつくんだ？』

「愛ゆえに、ですわ♡」

婚約者の細かい所作までを覚えているのだろう。愛ゆえに。

ここまで愛されてるっていうのに、ノアはどうしてあのアホ猫といちゃついてるのだろうか。

「わたくしも書類仕事手伝いますわ」

『すまんな。頼む』

オレ様とサラディアスは一緒に仕事をする。

彼女のおかげで仕事はスムーズに進むし、わからないことに対して、すぐ答えを寄越してくれる。

非常に仕事がしやすい。そして気遣いも出来るし、何よりもノアを深く愛してる。

『わからんものだな……』

「あら、どうかしまして？」

『いや、よくもあのバカ王子に愛想を尽かさぬものだと思ってな』

するとサラディアスは微笑《ほほえ》んで返す。

「わたくしは、ノア様のダメなところも含めて愛してますもの」

『ロウリィのほうが優先されてることに対しては、どう思ってるんだ？』

「特に何も。わたくしはあの人のおそばに、妻としていられればいいのです。優先とか、順位とか、そういうのはどうでもいいんです。大事なのは、わたくしがノア様を愛してるということで、おそばにいるのも、わたくしの意思ですわ」

サラディアスの献身的な愛に感心するオレ様。

早く目を覚まして、こんなアホの元から去った方が良《い》いと思うのだった。

★

ノアが散歩から帰ってきたのは、夕方だった。

「やぁやぁ！　ナベくん、こんな時間まで仕事かい？　感心だねー！」

ノア様は笑顔で戻ってくる。

その頭の上には、白猫がぐでーっと横たわっている。

『ナベちゃんもうアフターファイブっすよ？　残業なんて放り投げちゃいましょーっすよ』

『誰の仕事してると思ってるんだ貴様ら！　かみ殺すぞ！』

がるる、と吠《ほ》えると、ノアとロウリィがコソコソと……しかしオレ様に聞こえるような声音で言う。

「聞きましたロリ江さん、かみ殺すですって」

『聞きましたわノア子さん、まるで狂犬ですわねえ』

「誇り高き悪魔とか言ってたくせに、まるきり犬ですわね」

『聞こえてるぞ貴様らぁあああああ！』

まったく……アホコンビめ。

『今日はどこでサボってたんだ？』

「アインの村で少々」

『途中で変な人たちにからまれたっすね』

『変な人たち？』

ロウリィの言葉に、ノアがうなずいて返す。

「いたいた、真っ白な鎧《よろい》を着込んだ六人組でよー。俺が領主だって知ると、漫画とかハンバーガーだとか、つくったのがおまえかって聞かれてさ。そうだって答えたんだよ」

『そしたらなんかむやみやたらにノア様のこと褒めてたっすね』

「あげく領民になりたいとか言い出してさー」

オレ様は知っている。

この領地に、七人の聖騎士が来ていることを。

そいつらはモンスターの大軍を軽く追い払えるほどの、化け物集団であることを。

オレ様は影を使った探知が行える。

やつら七聖騎士《セブンズ》の到来を、誰よりも早く感知していたのだ。

しかし、何もしなかった。なぜか？

「まー、領地経営は全部サラに投げてるし、好きにすればって言ってやった」

『そしたら急に泣き出してさー。怖かったすよね～』

「なー。情緒不安定すぎるだろ」

……オレ様は深くため息をつく。

やつらが異世界から来ていることも、知っている。

オレ様は影で使い魔を作り、諜報《ちょうほう》活動も行っていたのである。

危険人物が入ってきたら身元を調べ、本当にヤバそうなときは、サラディアスや四バカ四天王に報告し、撃退なり捕縛なりしていた。

しかしこのアホどもはオレ様の仕事を知らず、のほほーんとボケたおしてる。

まったく、オレ様が縁の下の力持ちだっていうのに、感謝の一つもしないんだから。

「あー、そうそう。ナベ、いつもあんがとな」

『…………は？』

急にどうしたこのアホ王子は。

「さっきの連中、まじのヤバい奴らじゃないって調べててくれたんだろ？」

『な、なぜそれを……？』

「え、だって外で歩くとちょいちょいおまえの影で作られた使い魔みかけるし、諜報《ちょうほう》活動してくれてるんだろ？」

……オレ様の使い魔は、米粒程度の影の虫だ。

それをこいつは感知していたというのか？

「いやぁ、ナベのおかげで俺は平穏にサボりまくれるってわけだ！　さんきゅー、ナベ！」

ばしっ、とノアがオレ様の背中を叩《たた》く。

……ふ、ふんっ。

『これくらいでオレ様への仕打ちが許されると、思ったら大間違いだからな！』

ぶんぶんぶん！

『ナベちゃん尻尾ブンブンしすぎ〜。うれしいのばればれっす〜』

『ち、ちが……！　ちがうわい！』

オレ様が吠《ほ》えると、ノアたちは揃《そろ》って仕事部屋を出て行く。

「んじゃあとよろしく～。頼りにしてるぜ、俺の影武者」

ばたんっ、と扉が閉まり、オレ様がひとりになる。

……わかってる。やつは、特に意味があって褒めたのではない。

単に自分の面倒ごとを肩代わりしてくれてるオレ様に、社交辞令的に、ほめてくれたにすぎない。

『つたく、仕方ないなぁ！』

オレ様はノアの姿になって、残ってる書類作業を片付ける。

ほどなくして、ドアがノックされる。

『ナベちゃんおつ～』

ロウリィが尻尾を伸ばし、そこにお盆を載せて現れる。

『夕食もってきたっすよ。あとお酒もあるから、一緒にのもー』

……このアホ猫、単に自分のノロケ話をしたいから、酒を持ってきたに過ぎない。

それは、わかってる。別にオレ様を気遣ってないのくらい、わかってる。

『飲むか』

だがロウリィと一緒に晩酌をしている瞬間……。

アホ王子とアホ猫への黒い感情は、不思議と、きれいさっぱり消えてしまっている。

『でねー、ノア様ったらひどいんすよー。せーっかく景色の良《い》い場所でふたりきりって、告白できる最高のシチュエーションつくったのにー、告ってこないの！　酷《ひど》くないっすか!?』

『もういい加減自分から告白しろよ……』

『いやっすよ！　なんか、負けた感あるじゃん！　あっちから言ってこないかぎり、わたしぜーったい告白しないっす！』

裏を返せば、告られたら即オッケーするということだろう。

『まったく、バカだなぁ貴様らは……』

ロウリィの痴話げんかを話半分で聞きつつ……。

オレ様はお猪口《ちょこ》につがれた日本酒をペロペロとなめながら……。

まあ、こんな日常も、悪くはないなと、そう思うのだった。

5話　第七王子は教皇とバトルする（未遂）

第七王子ノアが、自らの領地でのほほんと過ごしている、一方その頃。

神聖皇国内にある、天導教会本部。

大聖堂にて。

「何をやってるのですか、あのバカ騎士どもは……！」

この国のトップにして、天導教会の最高責任者……。

教皇エルレイン。

見た目は明らかに童女である。

常に目を閉じている彼女は、今、額に血管を浮かべて、怒りをあらわにしていた。

「きょ、教皇様……お気を確かに……」

従者がエルレインをなだめようとする。

だが彼女は怒りで美貌を歪《ゆが》ませながら叫ぶ。

「七聖騎士《セブンズ》が全員、寝返ったというのに！　落ち着いていられますかっ!?」

サトルを始めとした、教会トップの力を持つ聖騎士達七名。

その全員が天導教会を抜けたことは……瞬く間に広まり、そして教皇の耳に届いた。

「ああ、なんと嘆かわしい……！　神の教えに背くなんて……！」

ぎりっ、とエルレインが歯がみする。

「これもすべて……ノア・カーター……やつの仕業！」

エルレインが憤怒《ふんぬ》の表情を浮かべる。

神の使徒をたぶらかし、自らの部下に加える行為。

それは、神から子らを寝取ったに近しい行いだとエルレインは解釈したのだ。

ゆえに、エルレインのヘイトは七聖騎士《セブンズ》に……というより、ノアへ向けられていた。

「エルレイン教皇猊下《げいか》……これから、いかがいたしましょうか。最高戦力は向こうに取られてしまった以上、こちらからはもうなにも……」

従者の言葉に、落ち着きを取り戻したエルレインが答える。

「問題ありません。こちらから、出向かずともよいのですから」

「と、いいますと？」

ふふっ、とエルレインが冷たく微笑《ほほえ》む。

「ノア・カーターの女を、すでに捕まえて、牢屋《ろうや》に閉じ込めているからです」

「なっ!?　の、ノアの女を、ゆ、誘拐ですって!?」

驚く従者をよそに、エルレインは優雅に微笑《ほほえ》む。

「七聖騎士《セブンズ》が失敗した場合に備え、水面下で誘拐作戦を進行していたのですよ」

「な、なるほど……相手はＳＳランクモンスターや悪魔の大軍を、軽く蹴散らす男。七聖騎士《セブンズ》すら手に負えない可能性を考慮していたのですね」

従者はエルレインの深い考えに脱帽する。

「それで……エルレイン様。誰をさらってきたのです？」

エルレインは懐から魔法巻物《マジック・スクロール》を取り出す。

ぱっ、と投げると、空中に光の魔法陣が展開。

そこに映っていたのは……。

長い金髪の、美しい、メイドの少女。

「たしか……リスタ、とか言っていましたね」

「リスタ……？　教皇様。この女は、ノアとどういう関係なのでしょうか？」

「とても親しい間柄と聞きます。自らを【ノア様の一番の理解者】と、名乗っておりました」

無論、ノア様の一番の理解者（自称）である。

「まぁ！　一番の理解者……ということは、ノアの心の支えである可能性が大！」

無論、心の支えなどではなく、むしろいないほうがせいせいしているノアである。

だが……部外者である彼女たちは、ノアがリスタをどう思っているのかなんて、知らない。

「やつもリスタを失い、さぞ動揺していることでしょう。そして先ほど、奴らに向けて手紙を放ちました。大事な女……リスタをさらった。返して欲しくば神聖皇国まで出頭せよ……と」

完全に犯罪者とやっていることは同じだ。

だがしかし……。

「無辜《むこ》の民を巻き込むのは非常に心苦しいです。主もさぞ悲しむことでしょう。ですが……神を騙《かた》る犯罪者を裁くのです、きっと天にまします我らが主は許して下さります」

神の名のもとであれば、ナニをしてもいいとさえ、エルレインを始めとした、天導教会の教徒どもは思っているのである。

「素晴らしい作戦です！　あ、見てください！　ふくろう便です！」

窓枠に一羽《わ》のふくろうが止まっている。

「きっとノアに出した手紙の返事でしょう……回収してきなさい」

従者は窓枠にとまるふくろうに近づく。

足下にくくりつけられている、返事の手紙をエルレインの元へと、もってくる。

「返事を読みなさい」

「はい！　ええっと……　〝サンキュー！〟」

……一瞬の静寂があった。

「……ん？　んん？　も、もう一度、ノアからの返事は、なんと？」

「さ、サンキュー！　……と」

ありがとう？　なぜ、感謝しているのだ……？

「ほ、ほかには何か書いてありますか？」

「い、いいえ……何も……？」

困惑するエルレインと従者。

それは当然だ。

一番の理解者を誘拐したのだ。

ノアは、返せと要求してくるとばかり思っていた。

しかし、ノアとリスタをよく知っているものからしたら、至極当然の返事であった。

ノアにとってリスタは厄介ごとを運んでくる、悪魔《ナベリウス》よりもなお悪魔してる存在。

そんな厄介者がいなくなったのだ、ノアは喜んで、手放すだろう。

取り戻そうなどとは、思う気が一切ない。

「あ、あー！　きっと、これ……間違い手紙ですよ！」

従者が言うと、エルレインは納得したようにうなずく。

「そうですわね。ありえない。一番大切な女が奪われて、ありがとう、と喜ぶ男など、居るわけがないですわよね」

ところがどっこい、それがノア・カーターという男だった。

「ま、まあいいでしょう……ノアからのリアクションはそのうち来るでしょうし。リスタの様子でも見に行きましょうか」

エルレインは従者を引き連れて、部屋を出る。

「リスタはどこにいるのです？」

「地下の懲罰房に閉じ込めております。やつもまた、邪神を信仰する異教徒ですから」

邪神《ノア》をあがめただけで、この扱い。

エルレイン達、天導教会の教えは、唯一絶対の神をあがめるというもの。

それ以外の神を邪神と断じ、殺すことさえも躊躇《ちゅうちょ》しない。

そんなヤバい連中であるのだ。

「懲罰房に入って、たしか十日でしたか」

裏を返すと、ノアはリスタがいなくなって十日もたっていたのに、まったく気づかなかったということ。

のんきに毎日、ロウリィとイチャついていた。

サラたちはリスタの不在に気づいていたのだが、「あー？　知らねえよ。ガキじゃないんだから、ほっとけ」と捜索をさせなかったのだ。

「我らの懲罰房に十日も入っていれば、どんな邪教徒も改心することでしょう……！」

従者の言葉に、エルレインがうなずく。

「ええ、当然です。必ずや、自らの過ちに気づき、考えを変えるはずです」

懲罰房で行われているのは、端的に言えば拷問である。

神の試練と称して、たとえば火あぶりにしたり、たとえば針の上に乗せたりする。

そんな罰、という名の拷問を受けて……。

リスタはというと……。

「さぁ、到着しました。この独房のなかにやつはいます」

がちゃ……。

「「「ノア様！　我らが神ぃいいいいい！」」」

「えええええええええええ!?」

エルレイン、そして従者さえも、目の前に広がる光景に……唖然《あぜん》とした。

「さぁ！　もっと大きな声で言うのです！　我らの神の名を！」

懲罰房のなかでは……ミサが、行われていた。

ノアの石像の横に、リスタが立っている。

リスタの前には、教会本部内にいた、教徒たちが跪いている。

「ノア・カーター！　我らが神に、祈りと感謝を！」

「「「ノア様、ばんざあああああい！」」」

その様子を見て、従者は声を震わせる。

「わ、我らの同胞が……洗脳されてます……」

そう、洗脳だ。

リスタは捕まってから十日間で、教会本部に居る教徒達に、ノアがいかに素晴らしいかを、切々と聞かせたのだ。

結果、こうなった。

「あ、あなたたち！　一体ナニをしているのです！」

エルレインが声を荒らげる。

教徒達は……みな、笑顔だった。

「おお、エルレイン様もご一緒に、どうですか？」

「ご一緒にって……ちょっとあなた！　リスタ！」

「ふぇ？　わたしですかー？」

エルレインはリスタの側までやってくる。

「あなたは虜囚！　なにを勝手なことをしているのですか！」

「え、あなたこそ何を言ってるんです？」

きょとん、とリスタが首をかしげる。

「わたしをここ連れてきたのは、神であるノア様の素晴らしさを、普及して欲しいから、でしょう？」

……あろうことか、このリスタという女。

自分がノアをおびき寄せるための、エサであるという自覚がなかった。

単に、ノア教を広めるため、派遣されたと思っていた、らしい。

「……異常者め」

従者のつぶやき、まっこと、その通りである。

「そんなことより！」

がしっ、とリスタがエルレインの手を摑《つか》む。

「あなたも目覚めたいのですね！」

「め、めざめ……え？　なにに？」

「この世の真理にです！」

エルレインは戦慄する。

リスタの目は……完全に逝っていた。

「真理……それはつまり、ノア様がこの世で最も尊いお方ということ！　ノア様がいるから世界は平和で、ノア様が歩いているからこそ大地が存在し、ノア様が生きてるから人々が生きてるのです！」

「ひぃ！　こいつ、キチ●イだよぉ！」

従者の泣き言、まっこと、その通りである。

「さぁ！　あなたも目覚めましょう！　そしてあなたも今日から、ノア様のいる日々を送るのです！」

だが……。

バシッ……！

エルレインはリスタの頬を、手で叩《たた》く。

「ふざけないでくださいまし！」

彼女は声を荒らげ、不信心者《リスタ》に言う。

「わたしは唯一神に仕える身！　だれが、邪神を信じるものですか！」

ビシッ、とエルレインがリスタに指を指す。

「いいですか、わたしは絶対！　ノア・カーターのことを、神などとは認めません！　断じて！　絶対！　何があっても！」

一方でリスタはというと……。

ニッ、と笑う。

「面白い！」

リスタはにこやかに笑って言う。

「いいでしょう、わたしが教えて差し上げます。ノア様がいかに素晴らしいお方で、この世の神がノア様ただ一人であることを！」

……今、ここに。

神《ノアール》の使徒と神《ノア》の使徒による、信者バトルの火蓋が切って落とされる。

……もっとも、エルレインが信じる神ノアールもまた、ノアと同一人物なのだが……。

それを知らない二人による、どちらが神であるか論争が、始まった。

……言うまでもなく、なんとも、馬鹿馬鹿しい言い争いである。

★

ある日、俺の屋敷《やしき》にて。

領主の部屋に、婚約者のサラ、娘（仮）のリスコス。

そして……七聖騎士《セブンズ》のサトルが、深刻そうな顔をしてやってきた。

「ノア様、実は、ご相談したいことがございます」

「あー……？　相談？　なんだよ……」

サラが悲痛なる面持ちで、俺に言う。

「リスタ様のことです。彼女が、誘拐されている疑惑が、あるとのことです」

「ほぅ……リスタが、誘拐ねえ……」

さも初耳、みたいな感じで言う。

しかし実際、俺はやつの誘拐を知っていた。

なぜなら、ご丁寧に、向こうから誘拐したとの旨を伝える手紙が、ふくろう便でやってきたからだ。

「お願いパパっ！　ママを助けてあげてっ！」

リスコスが涙を流しながら言う。

『え……ねえノア様……？』

俺の膝の上で丸くなっていた白猫ロウリィが言う。

『あの子って確か、リスタの想像妊娠で人体錬成された、子供っすよね』

「ああ、実際に腹を痛めて産んだ子じゃない……というか、正確には血も繋《つな》がってない……」

『なのにあそこまで、リスタを母親って思い込むなんて……』

「病気なのよ、母親に似て」

『ああ……なるほどっす……こわ……』

うんうん、と俺とロウリィはうなずく。

足元で伏せていた黒犬……ナベリウスが、ため息交じりに言う。

『話聞いてやれよ、一応、領主なんだろ……』

「『チッ……』」

俺はサラたちを見やる。

「誘拐だったとして、犯人の目星とかついてるわけ？」

聖騎士のひとりが、前に出ていう。

「おそらくは、天導教会のトップ……教皇エルレインかと存じます」

「教皇……か……やはりな」

「！　ご存じでしたか！」

「ああ……」

まあ本人から手紙来たし。

「おお……さすがノア様です」

聖騎士の男……サトルが、声を震わせていう。

「ノア様は何でもお見通しなのですね！」

『お見通しもなにも手紙きたんすけどね……』

「やはりノア様は森羅万象を見通す神！　さすがです！」

感心するサトルを見て、ナベリウスが呆《あき》れたようにつぶやく。

『どうして神を信奉する輩《やから》は、バカばかりなのか……リスタしかり、コイツしかり……』

サラは前に出て主張する。

「ノア様。リスタ様は大事な領民であり……わたくしの大事なお友達です」

その金色の瞳からは涙がこぼれ落ちる。

「……どうか、ノア様。リスタ様を、悪の手から、お救いくださいまし……なにとぞ……」

深々と頭を下げるサラ。

……ふう。

「面を上げろサラ」

「ノア様……？」

にやり、と俺は笑う。

『あ、これあれっすね』『ああ、あれだな……』

ペットどもが、何かを察したように、呆《あき》れた顔になる。

「このノア・カーターに、全てを任せておけ」

「ノア様！　それじゃあ！」

にやり……と俺は笑う。

「ああ。だからお前は待っていろ。いいな？」

「はいっ！」

サラは笑顔でうなずくと、リスコス達とともに部屋を出て行った。

後には俺とペットたちが残される。

「くくく……ペットども！　聞きたいか俺の」

『『どうせ無能ムーヴだろ（でしょ？）』』

「な、なぜわかったし……」

まさかこいつら、心を読むスキルでも身に付けたか！

『まーたやるんすか。ほーんと懲りないっすねえ～』

『どうせ失敗するくせに、なぜノア様は無能ムーヴを繰り返すのか』

『きっと最近無能ムーヴしてなくって、自分のアイデンティティがなくなっちゃうとか、しょーもない理由で、ムーヴするんじゃないっすか？』

『言えてる』

『『げらげらげら』』

パチンッ……！

『『ふぎゃぁああああああああ！』』

俺は失礼なペットどもを、重力魔法で押しつぶす。

「まあ聞くがいい。このノア・カーターの、華麗なる作戦の概要を！」

『『はい……』』

ひれ伏すペットどもに言う。

「といっても今回俺は……なにもせん！」

どやぁ……。

『ノア様……ついに学習したんすね？』

『自分が余計なことした結果、事態が好転してしまうと、よーやっと気付いたか』

『気付くまで結構かかったっすね～』

『まあバカだからなこいつ』

『いえてる～』

『『ゲラゲラゲラ！』』

パチンッ……！

『『ぐぇええええええええ！』』

失礼なペットどもを以下略。

「この状態でなにもしなければ、サラたちはしびれを切らして、俺の元へ来るだろう。そして、なにもしてない俺を見て……こういうだろう。なぜなにもしてくれないのか……と」

にやり、と俺は笑って言う。

「そしてこう答えるんだ。『え、別に助けるなんて、俺、一言もいってませんけどぉ～』って！」

先ほどのサラとの会話を思い出して欲しい。

俺は別に、サラに対して、リスタを救出にいくなんて……一言も言ってない！

ナベリウスはうなずいて言う。

『確かに。向こうが勝手に、リスタ救出にいくと、思い込んで話を進めただけだったな』

『わぁ！　すごいっすノア様！　さいてー♡　詐欺師みたいっす～♡』

「ふっ……よせいやいロウリィ。褒めてもなにもでないぜ……煮干し食う？」

『食べりゅー♡』

俺が煮干しを取り出すと、ロウリィはふがふがと鼻息を荒くしながら、煮干しにくいつく。

ふっ……おもしれえ女。

『今回はまともな無能ムーヴだな。なにもしなければ事態が良《い》い方へいかないわけだし』

ナベリウスが感心したように言う。

「サラからの好感度は下がるし、こっちが出向かずにいたら、エルレイン教皇がしびれを切らしてリスタを処刑するかもしれない。そうすれば、領民の危機になにもしなかったバカ領主ってことで、好感度を下げることになるだろう？」

『珍しく理にかなった作戦っすね、珍しく』

俺は煮干しを取り上げる。

『あっ、あっ、ごめんノアッチ。謝るから煮干し返して～……』

俺は煮干しをほいっ、と地面に放り投げる。

膝の上からロウリィが飛び降りて、煮干しを探す。

『煮干し煮干し……ふにゃ？　ノア様、煮干しがないっすよ～？』

「ふっ……ここだよぉん！」

俺の手の中に煮干しがある。

『あー！　投げてない！　ずりいっす！　詐欺っす！』

「ふっはは！　あげるなんて一言もいってないだろー！」

『きー！　ノア様のいじわるー！　もうしらない、ふんだっ！』

ぷいっ、とロウリィがそっぽを向く。

『もう二度と、肉球ぷにぷに、させてあげないもんねっ！』

「なっ！　そ、それだけはご勘弁を〜」

俺が泣きつくと、ロウリィがにやりと笑う。

『じゃ、じゃあ……煮干しを、く、口移しで食べさせるんす！』

「なっ⁉　てめ……そんな恥ずかしいことを……俺にさせるというのかっ！」

にぃ……と邪悪に白猫が笑う。

『ほれほれ〜。どうするんすかぁ〜？　もう二度とろりえもんのぷにえもんを、触れないんすよ〜？』

　くっ！

それは困る……ろりえもんの肉球《ぷにえもん》が、触れないなんて！

「し、しかたないな……罰ゲームだし、仕方ないな……」

『そ、そーっすよ、仕方ないっす……罰ゲームだし……』

俺は煮干しを口にくわえる。

ぴょんっ、とロウリィが机の上に乗っかる。

そして……口を近づけて。

ちゅっ……♡

「『きゃー♡　ちゅーしちゃった〜♡』」

『いい加減にしろバカップルが……』

はぁ……とナベリウスが、呆《あき》れたようにため息をつく。

『いくら今回は、なにもしなくて良い作戦だからって、上手《うま》くいくとは限らんぞ？』

黒犬が真面目な顔で言う。

「あー？　上手《うま》くいかないって、どうしてだよ？」

『たとえば……囚《とら》われてる皇国で何かイレギュラーな事態が起きるとかな』

『なんすか、イレギュラーって？』

『リスタが何か、やらかすとか』

俺とロウリィは、しばし考えて……。

「『ないない』」

俺たちは楽観的に笑う。

「いやね、いくらリスタが狂信者だからって、つかまってるんだぜ？」

『そーっすよ。とらわれの身なんすよ？　何ができるんすか〜』

「牢屋《ろうや》につかまって身動きできないあいつに、何ができるって話だよな〜？」

『ねー？』

俺たちをよそに、ナベリウスが言う。

『オレ様、ちょっと向こうへ行って、様子を見てこようか？』

「あーあー、余計なことすんなって！」

むすっ、とナベリウスが頬を膨らませる。

「なにキレてんだよ。だいいち、いつも余計なことして失敗するって、馬鹿にするのおまえじゃんか」

『いやまあ……そうだが……』

「余計なことせず静観。これが、大正義」

『ノア様……第三巻にして、ついに真理に到達したっすね！』

ロウリィがぱちぱち、と前足で拍手をする。

「おうよ、勝ったな！　がははははっ！」

★

しかし数日後……。

「ノア様！　大変です！」

サラとサトル、そしてリスコスが、領主の部屋に、慌てて入ってくる。

「どーしたーおまえらー？」

どうせリスタが帰ってこなくって、しびれを切らして、俺の元へ嘆願に来たのだろう。

すべては俺の計画通りだというのに……。

「エルレイン教皇猊下《げいか》が、リスタとともに、カーター領へやってきました！」

「ふぁ……!?」

な、なんで!?

なんでリスタなんで!?

「さすがノア様ですわ……！」

サラが目を輝かせて、俺に言う。

「こちらから出向かず、向こうからこちらにリスタ様を連れてくるように、裏で暗躍なさっていたのですね！」

いやいやいやいやいや！

なにもせずダラダラしてましたけど!?

なんだったら、ここ数日ずっとロウリィと遊んでましたけど!?

「パパ！　すごいや！　やっぱりパパはすごいや！」

『語彙力なさ過ぎっすよこの女……！』

『しかし向こうから来るとは……一体向こうで何があったんだ……？』

いや、もうそんなのどうでもいいんだよ！

「やはりノア様は素晴らしい。部下思い、かつ、我々の想像のつかない手段で、困難を解決してみせるのですから……！」

サトルがなんか感心してるしー！

ああもう！

「どうしてこうなったぁああああああ!?」

『しかし、どういう経緯があって、教皇はここへ？』

『しかも何をしに来たのか、不明瞭っすね……待て、次回』

★

第七王子ノアのもとに、天導教会のトップ、エルレイン教皇がやってきた。

領主の館、ノアの部屋にて。

「お初にお目に掛かります。ノア・カーター。わたしはエルレイン……神聖皇国の教皇です」

エルレイン。

一見すると童女にしか見えないが、数世紀を生きる化け物だ。

そんな彼女の胸中には、一つの疑念があった。

それは……。

（目の前のこの男が、師匠……ノアール様かもしれない……）

先日、リスタを人質にとり、皇国にノアを呼び出そうとした。

だがリスタは皇国内の教徒たちを洗脳。

ノアが神だと主張する。

だがエルレインにとっては、神とはもっと尊いもの。

そして何より、彼女が信じる神は……かつて存在した大賢者ノアール。

リスタとエルレインによる、どちらが神かの論争があった。

そしてその結果……エルレインは気づいたのだ。

（リスタの語っていた、ノア・カーターの偉業……それはかつてのノアール様のものに、酷似している）

大魔法を使い、弱い民達を救い、奇跡を再現してみせる。

リスタの語った、ノアが行ってきたこれまでの所業を聞いて……。

エルレインは、自分の師匠の姿と、彼女の語るノアの姿とが、重なって見えたのだ。

（そんなことは……ありえない！　こんなふてぶてしい男、わたしの敬愛するノアール様なわけがない……！）

キッ、とエルレインは、ノアをにらみつける。

机の前に悠然と座り、こちらを見据えてくる。

その目はどこか、疲れてるように見えた。

（ほらごらんなさいな！　ノアール様の目元は、もっと優しかった！　あんな死んだ魚の目なんてしてません！）

ノアは厄介ごとが舞い込んできて、げんなりしているだけだ……。

そして、実際にノアールもノアも同一人物である。

ノアの、賢者時代の弟子……それが、エルレインという少女であった。

……さて。

その一方でノアはというと……。

「くく……ようこそ教皇猊下《げいか》ぁ〜……」

にやにやと笑いながら、エルレインを見据える。

それを見たペット二名……ロウリィとナベリウスが、すぐに気づく。

『ノア様！　だめっすよ！』

『そうだぞ！　また無能ムーヴするつもりだろおまえ！』

白猫ロウリィ、そして黒犬ナベリウスが、必死になって止めようとする。

さっ、とノアは手を上げてペットたちを制する。

……そう。

このノア・カーター、あろうことか、この状況下で、無能ムーヴをかまそうとしていたのだ。

（教皇が来てしまったのは想定外だ……が、古来よりピンチはチャンスという。この女を利用して、無能ムーヴしてやるぜえ……！）

そんなノアの胸中を悟ったのか、ロウリィが慌てて、テレパシーを飛ばす。

『ノアッチだめでしょ！　ナニもしないのが正義だって、気づいたんでしょ!?』

『うるせえ！　何もしなかった結果、また厄介ごとが舞い込んできたじゃあねえか！』

なにをしても、しなくても、波乱を起こしてしまう男、ノア・カーター。

『座して待つんじゃなくて、こっちから無能……いや、悪役ムーヴしてやる！　そして正義の使徒に成敗されることで、俺が悪いやつだったって広めてもらうんだ！』

『おいバカやめろ！　絶対失敗するから！』

ナベリウスの制止もむなしく、ノアはバッ……！　とカッコいいポーズを決めて言う。

「よく来たな小娘……して、このスーパー領主の俺に何用だ？」

『『だ、ださい……』』

ペットたちがげんなりする。

『ノア様、闇時代が漏れてるっすよ……』

闇時代。それはノアが大賢者ノアールだった頃。

ノアは厨《ちゅう》二《に》病《びょう》を煩っていたのだ。

そして……今のノアの言動を見た、エルレインはと言うと……。

（え!?　ノアール様!?）

どっきーん！　と胸が高鳴る。

（う、うそ……でも、このしゃべり方……ノアール様とそっくりですわ……）

……さて。

ここで両者に、一つの食い違いがあることにお気づきだろうか。

エルレインは、ノアの過去、つまり闇の大賢者（笑）時代を知っている。

ノアールが厨二病《ちゅうにびょう》的振る舞いをしているのを、知っている。

彼女がここへ来た最大の目的は、ノアがノアールであるという、確証を得るためだ。

一方で、ノアはまだ、エルレインが過去に繋《つな》がりのある人物だと気づいていない。

というより……。

エルレインがいたのは、遥《はる》か太古の時代だ。

生きてるなんて、思ってもいないのだ。

つまり二人の食い違いというのは、ノアがエルレインを、自分の弟子だとまったく気づいていない。

その一方で、エルレインはノアをノアールと、気づきだしている……。

つまりノアが悪役ムーヴ（笑）をすればするほど……。

闇の時代……つまり、ノアールであると、気づいてしまうのだ。

しかしノアは気づいていない。

その闇の賢者時代の振る舞いは、自分の首を絞めているということに……。

彼女に、確たる証拠を、与えていることに……。

「きょ、今日はノア・カーター……あなたを成敗しにきたのです！」

「ほぅ……確かにこの俺は罪深き存在だが……しかし、小娘程度に成敗されるほど、このノア・カーター、ヤワではないぞ？」

「か、かっこいい……」

「は……？」

ノアは首をかしげる。

一方でエルレインは、ノアールっぽさをノアに覚えて、かっこよさに打ち震えていた。

何のことはない、エルレインは師匠であるノアールに恋していたのだ。

ノアールがエルレインを弟子に取ったときには既に、厨《ちゅう》二《に》病《びょう》にかかっていた。

だから、彼の振るまいが全てかっこよく見えてしまうのである。

「素敵……」

「え、エルレイン？」

「ハッ！　え、えっと……ノア！　わたしと勝負なさい！」

教皇はノアに指を指す。

「ほぅ……この俺と戦うというのか。ふっ……愚かな女だ。だが……いいだろう。圧倒的な力の差をまえに……震えるが良《い》い」

「し、しびれるぅ……！」

きゅんきゅん、とエルレインの胸がしめつけられる。

ノアール的振る舞い（厨二病《ちゅうにびょう》）が、エルレインの性癖にドストライクだった。

そんなことをまるで気づいてないノアは……。

困惑しつつも、演技を続ける。

「では場所を変えるとしようか」

★

ふたりがやってきたのは、カーター領に隣接する奈落の森《アビス・ウッド》。

「ここなら力を制御する必要もないな……。ふっ……この俺に勝負を挑むとはな。どうなっても知らんぞ」

「かぁっこうぃー……♡」

エルレインの目に♡が浮かぶ。

もうメロメロだった。

その様子を、上空から白い竜と人間姿のナベリウスが見学している。

『ナベちゃん。わたし、どーも……なんかあのエルレインって女から、カーター領民と同じ匂いがするんすけど……』

「奇遇だなロウリィ。オレ様もだよ。馬鹿者の匂いがする」

ペットたちはとっくに、エルレインの本質に気づいている。

気づいていないのはノアだけだ。

（よーし、勝負にまで持って来れたな。あとは適当に負ければ、正義の使徒に楯突《たてつ》いた愚か者ってことで、みんな俺への好感度を下げることだろう……くくく！　天才！）

一方でエルレインはと言うと……。

（やはり今までの言動の数々……ノア様は、ノアール様なのかもしれない……）

もう結構、ノアに心を動かされていた。

様、とかつけちゃっているし……。

彼女のなかでは、すでにノアを倒すという目的はない。

これは戦いではなく、確認作業だ。

すなわち……。

（魔法を見れば、わかる。あのお方が、本当にノアール様なのか……！　魔法の弟子である、わたしなら……！）

エルレインが望むのは、ノアがノアールであるという確証のみ。

そのことに気づいていないノア。

「でははじめよう……華麗なる宴《たたかい》を！」

「素敵！　宴《うたげ》と書いてたたかいと読むなんて……！　素晴らしいセンスです！」

それを聞いてロウリィとナベリウスは、確信を持って言う。

『「あ、うん。やっぱあの女、バカだ」』

悲しいことにエルレインもまた、アホの一人だった。

そもそも厨二病《ノアール》にシンパシーを抱いている時点で結構性格があれである。

「見ててください……わたしの鍛えた、魔法の力を！　【天使召喚《サモン・エンジェル》】！」

エルレインが頭上に手を掲げる。

その瞬間、天に向かって一筋の光が延びる。

頭上の広がった魔法陣から降りてきたのは……。

「て、天使だ……」

ナベリウスは額に汗をかきながら、現れたものを見やる。

若干声が震えていた。

『ナベちゃんしってるの……？』

「ああ……オレ様は、悪魔だからな……敵のことは、よく知ってる」

ナベリウスはそれを見て戦慄を覚える。

巨大な白い人間のようなものが、上空に出現した。

一見すると石像のような、無機質で、無骨なフォルムを持つ。

背中からは一対の翼が生えており、頭の上には黄金の輪っかがあった。

「神に仕え！　神に祈りを捧《ささ》げ続けて幾星霜！　わたしはついに神の力を……天使を使役する術を手に入れたのです！」

「な、なにぃいいいいいいいいい!?」

ノアは驚いた……演技をする。

(天使だから何って感じだけど、まーとりあえず驚いとこ)

ノアはこの時点で、エルレインの使う天使の強さが、大したことないと理解していた。

しかし今回はやられ役。

驚くことで小物っぽさを演じようとしているのだ。

「さぁおゆきなさい、天使よ！」

ノアはニヤリと笑う。

(よーし！　これであれにぶっ飛ばされて終わりにしよう！　正義の味方にやられた悪役として、華々しく散ってやるぜぇ！　死ぬ気はないけどなぁ！)

天使は右手を掲げる。

その手に光の剣が出現した。

天使は凄《すさ》まじい速さで移動する。

あまりに速すぎて、音が……置き去りにされた。

光の剣が……ノアに振り下ろされる。

（勝った！　無能王子……完！）

と、そのときである。

ビタッ……！

「ふぁ……!?」

天使が攻撃を……やめたのだ。

「ど、どうした!?　おい、何があったんだぁ!?」

ノアが驚く一方で、エルレインは……その場に膝をつく。

「おお……！　やはり……あなたでしたのね、ノアール様！」

エルレインは……滝のように涙を流す。

天使が攻撃をやめた。つまり相手が神だからと。

しかし実際は、天使はノアの持つ恐ろしい魔法力にびびっただけである。

全てを殲滅《せんめつ》する、天使という凶悪な存在が、攻撃をやめる。

そんなあり得ない事態に困惑するしかなかった。ナベリウスは、ロウリィに問いかける。

「ノアールってなんだ？」

『ノア様の前々世、闇の賢者だった時代の名前っす』

「なぜあの女、それを知ってるんだ？」

『さ、さぁ……クロヨンの関係者っすかね』

クロヨンとは、闇の賢者を信奉する闇の組織（笑）、ダークノワール・ブラックシュバルツ団のことだ。

全て黒×四でクロヨンである。

「ば、バカな！　おい天使よ何ぼさっとしてる！　とっとと俺《そいつ》を殺せぇえ！」

『ノア様、逆、逆。あんたやられる方っす』

一方で、天使を使役していたエルレインは……もうとっくに戦意喪失していた。

「やっぱりあなたこそがノアール様……ああ、やっと会えた……！」

数世紀を超えて、思い人とまた再会できた。

これは運命だ……とエルレイン、乙女モード全開であった。

「くっそぉおおお！　こうなったら……奥の手だぁ！　ふぅん！」

ノアが天使に向かって手を伸ばす。

身体強化の魔法を、ノアは天使にかける。

ごご……！　と体を震わせながら天使の翼の数が、増えた。

「強化された天使の力を思い知るがぃいいいいいいいい！」

『だから逆。逆っすから』

「そんなにやられたいのかあいつ……必死すぎるだろ……」

ノアの魔法で強化された、天使が光の剣を振るう。

だがノアの体にぶつかった途端……

バリィイイイイイイイイン！

「なにぃいいいいいいいいい!?」

驚く、ノア。

「ば、バカな！　この程度で壊れるだとぉ！　強化された天使が！　ありえないぃいいいい！」

ノアが頭を抱えて叫ぶ。

ノアはこの一撃を受けてやられる予定だった。

しかし思った以上に、天使は脆弱《ぜいじゃく》だった。

否、ノアが、天使を凌駕《りょうが》するほど……強かったのだ。

彼は自分の力を測り切れてなかったのである。

一方でエルレインは……涙を流しながら、ノアに駆け寄る。

「ノア様……いいえ、ノアール様！」

エルレインはノアの腰に抱きついて、わんわんと涙を流す。

「お会いしたく存じました……！」

「え、ええっと……？　ど、どうしたん？」

「わたしです！　エルレインですノアール様！　あなたの一番弟子の！」

ぽかん……と口を開いて、ノアは……。

「え、だれ……？　弟子……？　俺に弟子なんて……いたっけ？」

ノアは首をかしげる。

ノアール時代を思い返すが、彼が弟子を取っていた時期はない。

『え、弟子とってなかったんすか？』

ばさり、とロウリィが着地する。

「あ、ああ……そういえばなんかやたら、俺にくっついてきた子供が居た気がしなくもないが……」

ノアは大賢者時代、一人の女の子を助けたことがある。

その後、勝手に後ろからくっついてきて、勝手に何かとお世話を焼き、勝手に何かを学んでいた……変なヤツがいた気がした。

『それ、その子じゃないっすか？』

「自分を弟子だと思い込んでいたのか……」

『え……こわ……』

「どうしてノア様の周りには、異常者しかあつまらないんだ……？」

天使へ向けていた恐怖心は消えて、今は狂信者《エルレイン》のいかれっぷりに戦慄するナベリウス。

エルレインはキラキラした目を、ノアに向ける。

ノアはその目に、見覚えがあった。

よーく知っていた。

自分の周りに居る、信者達と、まったく同じだったから……。

「ノア様！　わたしたち……天導教会は、完全にあなた様の配下に加わりますぅ！」

ノアは頭を抱えて、こう叫ぶ。

そう、いつものように……。

「どうしてこうなったぁああああああああああ!?」

6話　封印された最強魔神は恋をする（空回り）

俺の元に、教皇エルレインが来てから、一週間後。

秋も深まってきた、ある日。

深夜。

「うう……さむさむさむ〜……」

俺は白猫《ロウリィ》と黒犬《ナベリウス》とともに、アインの（元）村へとやってきていた。

もはや、村ってレベル超えてる。

なんか分厚い外壁まであるし、中も食い物屋とか冒険者ギルドとか、いつの間にかできている。

『ノア様〜。さみーっす。はやくはやく〜』

俺の肩の上に、ロウリィがしがみついている。

「急ぐんなら自分で歩けよ」

『いやっす。地面がちべたいっす。わたしの肉球じゃ、冷たさダイレクトに伝わってくるっすからね』

まあいっか。

ほどなくして……。

『む？　何やら良《い》い匂い……』

くんくん、と黒犬が鼻を鳴らす。

「ついたぞ。目当ての屋台」

俺たちがやってきたのは、おでんの屋台だ。

『おでんっ！　この時期さいこーっすよね！』

「ああ。この間、街をぶらついてたらみつけてな。この深夜にしかやってないのよ」

俺たちは屋台に顔を出す。

ぽんっ、と俺の隣に、白髪猫耳の女が出現する。

「おっちゃん！　がんも！　ほしーっす！」

おでんやのおやじが、黙ってうなずく。

俺は右にナベリウス、左にロウリィ、ふたりのペットに挟まれながら、おでんを食べる。

「あちあちっ！　あちちっ」

ふーふー、とロウリィががんもをさましながら食べる。

ナベリウスは黙って、牛串をむしゃむしゃと食べる。

「ふーふー！」

「猫舌かよ」

「そーっすよ！　わるかったすね！」

はむはむ、とがんもをロウリィが食べる。

「ん〜〜〜〜〜〜♡」

白猫の尻尾が、♡マークを作る。

「うめーっすぅ〜♡」

「そこにこの、魔神ロウリィの異世界の知識で作った、日本酒を飲むとぉ〜？」

俺はおちょこに、日本酒を注ぐ。

ロウリィは一口すすって……。

「ぷはー！　うみゃーい！」

「くく……酒とおでん……悪魔的組み合わせ……！」

俺たちはおでんをバクバクくって、日本酒をごくごく飲む。

「「がははは！　うめー！」」

ロウリィと俺は、もうすっかり酔っ払っていた。

いやぁ！　きもちいい！

外が寒いから、あったかおでんとお酒が進むこと！

「ノアッチぃ〜♡　わたし、卵たべたいっす〜♡」

「おやじぃ！　卵ぉ！」

ことん……とおでんやの親父《おやじ》が、卵を俺たちの前に置く。

「あついっす〜。ノアッチ、ふーふーしてぇ〜ん♡」

でろでろに酔っ払ったロウリィ、ふにゃふにゃ笑いながら俺を見上げる。

「あーん？　ふーふーだとぉ〜……しかたねえなぁ……」

俺も気分が良《い》いので、ロウリィのために、ふーふーしてやる。

「ノアッチぃ〜♡　あーん♡　あーんしてぇ〜♡」

「あーん？　あーんだとぉ……？　あーん……♡」

「あーん……♡」

ぱくっ。

ロウリィが俺の差し出した卵を、一口で食べる。

「うまいか？」

「うみゃーい♡　でへへ、世界一おいしーっすぅ〜♡」

べろんべろんに酔ったロウリィが、しまりのない笑みを浮かべる。

「ノアッチに食べさせてもらったから、うまさ一〇〇〇%っすぅ〜」

「いや一〇〇〇%って……普通に一〇倍でいいだろうが……」

やれやれ、とナベリウスがため息をつく。

「ぴえーん、ナベちゃんにダメだしされちゃった〜」

えんえん、と泣く振りをするろりえもんのやつがまあ……かわいらしいこと！

「おーよしよし、泣くなろりえもん……首の下なでちゃる」

俺は人間状態のロウリィの首の下を、こちょこちょとなでる。

「ふにゃーん……♡　しゃーわせー……♡」

ロウリィが顔を、（＝ω＝）にして、俺にされるがままになっている。

ふはは！　かわいいやつめぇ！

「ここか？　ん？　この辺が弱いのか？　んんぅ～？」

俺は調子に乗ってこちょこちょ、とロウリィの首の下だけでなく、頭もなでる。

「ふみゃぁ～～～～～～♡　ごくらくだにゃーーーーーーん……♡」

「おい魔神、自分の職業忘れてるぞ……」

呆《あき》れた調子でため息をつき、ナベリウスがちくわぶをかじる。

はふはふ、と熱そうにしながら、ちくわぶを咀嚼《そしゃく》。

クールな表情なのに、犬耳がぱたぱたしてる……くく、面白え女だ。

「あーん？　ナベちゃん、わたしの職業でえすってぇ～？」

お、ダルがらみ状態のロウリィがナベリウスにからんでいくぞ。

「魔神じゃないれすぅ～」

「ほぅ、じゃあなんだ？」

「それは～……ぬへへへ～♡　ノアッチのぉー……お嫁さん♡　きゃっ♡」

ろ、ろりえもんのやつ……！

俺の嫁だってぇ！　ふ、ふーん？　か、かわうぃいとこも、あるじゃなぁーい？

「やれやれ……ノア様。いいのか、魔神がこんなんで？」

「ああーん？　良《い》いのか、だとぉ？」

ナベのバカに、教えてやんねえとなぁ！

「ろりえもんは、俺の嫁！」

「ふにゃーーーーーーん♡　のあしゃま～～～～♡」

ロウリィが尻尾を♡にして、耳をパタパタさせながら、笑顔で俺に抱きつく。

うむうむ、かわいいやつよのぉ！

「ノアッチらいしゅきー♡」

「俺もらいしゅきー♡」

ハグをし返して、でへへと俺たちは笑う。

「はいはい、お熱いことで……。日本酒ついかで」

ことん、とナベリウスの前に日本酒が置かれる。

「ねえねえノアッチ～。見てよナベちゃんやけ酒っすよぉ。わたしにノア様、取られちゃったからぁ～！」

「ふはは！　悪いなナベぇ……！　俺の女はろりえもんただ一人なんだよぉ！」

「ひゅーひゅー、しゅてき～♡」

げははは！　と俺たちは上機嫌に笑う！

「はいはい。ノア様はいいのか、サラっていう婚約者がいるが」

「婚約者は別に、妻じゃないんですぅ～。そんなこともわからないですかー？」

「ノアッチほら、ゆるして。ナベちゃんわんこだから、わんこだから仕方ない」

「がっはっは！　そうだなぁ！　わんこだからなぁ！」

俺とロウリィが肩を組んでナベリウスに絡んでいく。

めいわくとか？　考えないね！

だって楽しいからよぉ！

「ナベちゃんお手ー」

調子乗ったロウリィが、手を差し出す。

「ほらよ」

じゅっ！

「ふぎゃぁああああああああ！」

ロウリィが地面に倒れて転がる。

「どうしたろりえもーーーーーーーーん！」

俺は慌てて、転がっているロウリィを抱きかかえる。

その手には……。

「これは……熱々のがんもじゃねえか！」

ナベのやろう、ロウリィがうざいからって、がんもをダイレクトに載っけやがった！

くそっ！　なんてひでえことを！（泥酔）

「ノアッチ……わたし、もうだめっすぅ……」

弱々しく、ロウリィがつぶやく。

「短い間でしたが、お世話になりました……」

「そ、そんな！　おい何弱気になってるんだよロウリィ！」

俺はロウリィを抱き上げて、彼女を見下ろす。

「自分は、もうだめっす。あつあつがんもで大やけどを負ってしまったっす……」

「そ、そんなぁ！　あつあつのがんもで大やけどだって！　ちくしょう！　そんなの俺が魔法で治してやるよ！」

ふっ……とロウリィが弱々しくつぶやく。

「いいんす……わたしの体は、わたしが一番よくわかってるから。もう……手遅れだって……」

「そんな……！　おいそんな弱気になるなよ！　ロウリィ！」

「わたしが死んだら……毎日お墓の前に、がんもをお供えしてくださいっす……がくん」

そのまま目を閉じるロウリィ。

「ロウリィ！　ロウリィぃいいいいいいいいいいいいいいい！」

俺の慟哭《どうこく》が、夜の街に響き渡る。

ずず……とナベが日本酒を啜《すす》って、ひとこと。

「茶番は、気が済んだか？」

俺と、起き上がったロウリィが、揃《そろ》って言う。

「「わりと満足」」

「近所迷惑だから、大声で騒ぐな」

「「へーい」」

★

飲み終わった俺たちは、屋敷《やしき》へと歩いて帰ることにした。

寒空の下を歩くことで、酔いを覚まそうって魂胆だったのだが……。

「むにゃ～……もうたべられへんわぁ～……」

「この猫……一人だけ酔い潰れやがって……」

俺の背中には、気持ちよく眠っているロウリィがいる。

人間状態の彼女を、俺はおんぶして、ナベリウスとともに歩く。

黒犬姿のナベリウスは、呆《あき》れたようにため息をつく。

『酒弱いくせに、この猫はよくもまああんだけ飲めるな』

「まったくだ」

「ぷひー……ぷひー……」

鼻提灯《ちょうちん》をつくりながら、締まりのない顔で眠るロウリィ。

「ったく、のんきなやつだよ……」

するとナベリウスは、俺の顔を凝視した後に、こんなことを言う。

『なぁ、ノア様。ロウリィを嫁に取るって話は、まじなのか？』

ナベが答えにくいことを聞いてきやがった。

……まあ、寝てるから良《い》いか、こいつ。

「あー……まあ、心情的には、な。別に俺、こいつのこと、嫌いじゃないし」

『ならさっさとくっつけばいいものを』

「それなー……ちょっと躊躇《ためら》ってよ」

『ほぅ……どうして？』

これはマジトーンで答えないといけない感じだろうか。

まあ……いいか、寝てるしこいつ。

「ロウリィがさ、魔神だからだよ」

俺たちは夜空の下を歩きながら、会話する。

「言うまでもなく、俺はこのアホ猫より早く死ぬだろ？」

『そうだな。魔神と人間とでは、寿命の長さが違う』

特にロウリィは、この世界がはじまったときから生きてる魔神だ。

俺が死んだ後も、ずっとずっと、この世界に生き続ける。

「ロウリィってさ、結構さみしがり屋なんだよ、こーみえて」

俺が子供の時、ロウリィと初めてであった。

彼女は城の禁書庫でひとり、引きこもっていた。

あのとき……彼女は悲しそうな顔をしていた。

聞けば、一人で辛《つら》いという。孤独が、嫌いなんだよ、こいつ。

「もし俺がストレートに、好きだって伝えたらよ……まあほぼ一〇〇％ＯＫするだろ、こいつ」

『自信過剰すぎないか？　まあ……するだろうが』

「そしたらさ……悲しむだろ、こいつが。将来、俺が死んだときによ」

誰とも関わらず、悠久の時を生きてきた魔神。

彼女と俺が付き合って、そのときは幸せなのかも知れない。

だが幸福な時間はあっという間に終わってしまう。

それこそ、魔神にとって、人間の一生なんて、瞬き一回分くらいの、短い間のこと……。

「それでさ。俺が死んだ後……ロウリィはずっとずっと、さらに悲しい思いを抱いて、生き続けなきゃなんねえじゃん。……それは、可哀想《かわいそう》かなって、思ってよ」

『……なるほど。だから、これだけ仲良くても、付き合わないのか』

「そーゆーこった」

あー、まじな感じで答えちまった！

は、はずいよぉ……ふええ……。

『ふっ……ノア様は意外と、お優しいんだな』

「意外ととはなんだ。俺は優しさの塊みたいな男だぞ」

『はいはい』

ナベリウスはちらっ……と俺……じゃなくて、ロウリィを見て言う。

『だがなノア様。たぶん……この女は待ってるぞ。貴様からの、告白を。たとえ悲しい別れが待っていようと、今……求めてるって、貴様のことをな』

「そーかね？」

『ああ。だから、あんまり待たせてやるなよ？』

ナベからの忠告に、俺はため息をついて言う。

「ま、そのうちな」

ノアにおんぶされながら、ロウリィは……彼らの話を全部聞いていた。

アルコールの抜けた顔は、しかし、真っ赤に染まっていた。

彼女は小さく、誰にも聞こえないくらい……小さく、つぶやく。

「……ノア様。好き、っす」

★

第七王子ノアが、ロウリィとナベリウスとともに、おでんを食べた……翌日。

ロウリィはふと、目を覚ます。

『むにゅ……くぁー……！』

白猫姿のロウリィが大きくあくびをする。

そして……。

目の前に、ノアの寝顔があった。

『ふぎゃぁあああああああああああああ！』

大きな声を張り上げ、全身の毛を逆立てる。
『にゃにゃにゃっ！　にゃんでにゃんでここにー!?』
ノアのベッドで一緒に寝ていたのだ。
これに大パニックを起こすロウリィ。
「んだよ朝から騒々しいなぁ……ったく」
のそり、とノアが起き出す。
二日酔いだからか、すごい不機嫌そうだった。
……だが、なんだろう。
いつもは死んだ目をしている彼が、かっこよく……見える！
『なんすか、これ……なんなんすか……』
どきどき……とロウリィは自分の胸が、高鳴っていることに気づく。
さっきもそうだ。
ノアと一緒に寝ることなんて、これまで何度もあった。
けど今日は、彼と一緒に寝ていたと知ったとき……。
いつも以上に、恥ずかしかった……。
「おいろりえもん。朝からうっせえぞ」
ぼりぼり……とノアがバサバサの髪の毛を手でかく。

ああ……ワイルドな髪の毛も、かっこいい……。
『って！　なんすか、かっこいいってぇ！』
「だーもう！　うっせえ！」
そんな風に騒いでると……。
『どちらもうるさいぞ、貴様ら……』
ベッドの下の影から、にゅっ、とナベリウスが顔をのぞかせる。
「おうナベ、聞いてくれよ。ロウリィってば朝から大騒ぎしやがってよぉ」
『ほぅ……』
じっ、と黒犬が、白猫を見やる。
『な、なんすか……？』
赤らんだ頬を見て、にやりと笑う。
『いや、何でも。オレ様はちょっと外へ散歩に行ってくる』
『ちょっ！　ナベちゃん待って！』
ぴょんっ、とロウリィがベッドから降りて、ナベリウスの背中にしがみつく。
『……二人きりにしないでっ！』
ひそひそ声で、ノアに聞こえないように、ロウリィが言う。
『……ほぅ、どうしてだ？』

『……だっ、そ、っれは……その……』

なぜと聞かれても、恥ずかしいから以外に答えられない。

どうして恥ずかしいのかといえば……。

『……昨晩のノア様の告白を、聞いてたんだろ？』

『……にゃ！　し、しってたの……？』

ノアが昨日、帰り道。

ロウリィのことについて言及していたとき、彼女は起きていたのだ。

ばっちりと、聞いてしまったのだ。

ノアの優しさを、ノアが……自分のことを、好きだということを……。

『……好きなやつが、自分のこと好きって聞いて、照れてるんだな』

『……うう～。この原初の魔神、ロウリィが、そんな中学生みたいなリアクションとるなんてぇ～』

ナベリウスはあきれたようにため息をつく。

『……気持ちの整理はしておけよ。毎日こんな大騒ぎじゃ、たまったもんじゃない』

かぷっ、とナベリウスがロウリィの首根っこを口でつまんで下ろす。

『……じ、自分は、どうすればいいっすかね？』

『さぁな。ただ、人に聞かれて答えが出る問題じゃないだろ。自分で考えるんだな』

『……いじわる』

するとナベリウスは、にやっと笑う。

『知らなかったのか、オレ様は悪魔。いじわるで当然なんだぜ？』

★

午前中。

ノアの部屋にて。

「…………」

『…………』

かりかり、とノアが珍しく書類仕事をしている。

椅子に深く腰掛け、実にだるそうに、領主としての仕事を一応こなしてる。

一方でロウリィはというと……。

「おいろりえもん」

「な、なんしゅか……？」

噛《か》んだ。噛《か》んでしまった……。

「おまえなんでそんな、距離とってるんだよ」

人間姿ロウリィがいるのは、部屋の入り口の、隅っこだ。

「いつもなら机の上とか、膝の上とかに、平然と乗ってくるだろうに」

恥ずかしいから、なんていえない！

「ね、猫は隅っこがおちつくんすよっ！」

「おまえ自分で猫って言ってて恥ずかしくないの、魔神ロウリィ？」

「うっせー！」

乙女心《ひとのきもち》も知らないでっ。

はぁ……とロウリィがため息をつく。

昨日の告白を聞いて……ロウリィはまともにノアの顔が見れない。

頬がずっと赤ぃ。

顔を押さえて、見えないようにしても……ノアを目で追ってしまう。

視界にノアが入ると心が躍り、彼がこちらを見ると、ドキドキして目をそらしてしまう。

（なんすかこれっ、なんすかこれぇえええええええええ！）

ロウリィがコロコロと地面を転がる。

一方でノアは、ロウリィがどういう心理状態にあるのか気づいていない。

今日も馬鹿だなーと思いながら、のんきに仕事をしていた。

……そんな姿が、なんだかロウリィには、むかついた。

（人がこんなに心を乱されてるのにっ、どうしてこいつは、なーんとも思ってないんすか！　ずりぃっすよ！）

すでにその思考が、恋する乙女モードになっているのだが……。

ロウリィは、認めたくなかった。

自分が、心から、この男に惚《ほ》れてしまっているということに……。

（よ、よしっ！　ドキドキさせてやるっす！）

ロウリィはちょこちょこと、ノアの前にやってくる。

机の上に乗ると……。

「う、うっふーん」

片目を閉じ、しなを作ってみせる。

……。

…………。

………………。

「え、なに？」

ぽかん……とノアが口を開いて、ロウリィの奇行に戸惑う。

一方でロウリィはというと……。

（ば、ばかなっ！　女子がセクシーポーズしてるのに、心乱されないなんて！　チ●コついてねーんすかこいつ!?）
言うまでもなくロウリィは今、猫の姿だ。
猫がそんな色っぽいポーズしたところで、ノアが性的興奮を覚えるわけがない。
そんな正常な思考さえも、恋する乙女モード・ロウリィには、わからなかった。
（くっ！　こうなったらもっと大サービスっす！）
ロウリィはノアを見て……。
四《よ》つん這《ば》いになり、ぱちんっ、とウインク。
片手をあげて……。
「あはーん」
……。
…………。
………………。
「邪魔」
手でロウリィを押しのける。
（こ、こ、こいつぅ～！）
ロウリィは内心で憤慨する。
（人が！　女豹《めひょう》のポーズをしてるっていうのにー！　ぴくりともしないですってぇ！）

ノアがだるそうに書類と格闘してる一方で……。

ロウリィもまた、ノアと勝手に格闘する。

その後も『うふーん』だの『あはーん』だの勘違いしたセクシーポーズ（笑）を繰り返したのだが……

全部、相手にされず……。

「ノア様のあほぉおおおおおお！」

と、泣いて部屋を出て行ったのだった。

★

裏庭にて。

「ナベちゃん聞いて！　ノア様がひどいのっ！」

犬状態ナベリウスは木陰で伏せ状態になっている。

ロウリィはその前に座って、切々と、自分がノアに対して行ったことを語る。

「こっちがこんなに！　アピールしてるのに！　ぜーんぜんぴくりともしてくれないのっ！

ひどくない!?　ねえ、ひどくないっすか!?」

ふぁー……とナベリウスはあくびをする。

『そうだな……』

「真面目に聞いてます？」

『いや、全然』

「ふしゃー！」

真顔でさらっと答えるナベリウスに腹が立ち、ロウリィが牙をむいて威嚇する。

『貴様も大概阿呆《あほう》だな』

「あほってなんすか、あほなのはノア様でしょ！」

『まあ否定せんが』

「でしょー？」

ロウリィはナベリウスの顔の隣にしゃがみ込む。

ちら、とナベリウスはロウリィを見上げる。

頬が赤く目が潤んでいる。

『貴様、ノア様のこと好きなんだろう？』

「……そーっすよ」

ロウリィは手で顔を覆う。

ふぅ……とナベリウスがため息をつく。

『じゃあもう好きってばれてもいいじゃないか。むしろ新しい関係がスタートするのでは？』

「……無理っすよぉ」

泣きそうな声でロウリィが言う。

「わたし告白なんてしたことないし、どーすりゃいいのか、わっかんないし……」

『天地創造に携わった魔神が、よもや異性と付き合ったことすらないとはな』

「うっさいっす！　くらえ猫ぱーんち！」

ロウリィの拳を、ナベリウスがひょいっと避ける。

『言えばいいだろ、好きです付き合ってくださいって』

「うう……でも……」

『じゃあそのまま一生そうやって、悶々《もんもん》とするだけでいいのか？』

じろっ、とナベリウスが非難するように、ロウリィをにらむ。

『ノア様は、自分の寿命が貴様と比べて短いことを気にして、遠慮してくれてるんだぞ？』

「…………」

『そうやって悩んでいる間にノア様は死ぬぞ？　魔神と人とでは、持っている時間の量が違うんだからな』

むくり、とナベリウスが立ち上がる。

『早く結論を出さねば、一生後悔するぞ？』

すたすた……とナベリウスは立ち去っていく。

一人になったロウリィは、ぽつりとつぶやくのだ。

「わかってるっすよ……。そんなの……わかってるっすよ……」

彼女は目を閉じる。

いろんなものを天秤《てんびん》にかける。

そして……。

「よしっ」

ロウリィは屋敷《やしき》に向かって、歩いて行く。

ノアの元へ、思いをつげに。

★

第七王子ノアへ、告白することを決めた、魔神ロウリィ。

ある夜のこと。

ロウリィは人間の姿に変化し、ノアの部屋の前にいた。

「すぅー……はぁー……すぅー……」

ロウリィは手鏡を取り出して、自分の姿を確認する。

まごう事なき、美少女だ。

ショートカットな白い髪。

ぴんっ、ととがった猫耳と尻尾。

顔は恐ろしく整っており、ブルーの瞳はサファイアのよう。

胸元がぱっくりあいた、黒いドレス。

そして目を見張るほどの、巨乳。

男が喜ぶような体つきの……十代半ばくらいの美少女だ。

「だいじょうぶ……だいじょうぶっす……わたしたちは、両思いなんすから」

おでんを食べに行ったあの日、ノアの本心は聞いている。

ノアは好きと言ってくれた。

ロウリィもまた、彼のことを愛してる。

素直に、好きと言えば、それだけでいい。

「大丈夫、絶対、一〇〇パーセント、成功するっす。失敗するわけが、ないっす……よし、よし、よしっ！」

ロウリィは気合いを入れて、部屋の中に入る。

ノアは珍しいことに、夜中まで仕事をしていた。

サボり魔な彼にしては、珍しい。

「ロウリィ……？」

「ちょっと、いいっすか」

「え？　おまえ……まさか……告るのか？」

かぁ……とロウリィは顔を赤らめる。

「ば、バレバレだったんすね！」

あわあわ、と慌てるが、いや、大丈夫。

ノアは最初からロウリィの心の中なんてわかってるといっていたから。

向こうからしたら、ロウリィの告白は、想定内なのだろう。

「いや、待て。ロウリィ。おまえは勘違いを起こしてる」

「いいえ、勘違いじゃないっす……」

なぜか慌てるノアが、珍しい。

ロウリィは真面目な顔で言う。

「わたしは、あなたが好きっす……！」

言えた……ちゃんと言えた。

良かったと安堵《あんど》する一方で、ノアからの返事が気になる。

ノアは……なぜか汗をかいていた。

「あ、ああ……それはわかってる。わかってるが、落ち着け……」

「落ち着いてるっす！　だから返事を聞かせてっ！」

ロウリィが机に手をついて、ノアをのぞき込む。

普段は死んだ魚の目をしているが……。

今日はなんだか、目つきが違う。

「ロウリィ、おまえは一つ重大な間違いを犯してる」

「間違い!?　この思いが、間違いだっていうんすか!?」

ノアが、はぐらかそうとしている。

そうはいくか、とロウリィは声を張り上げる。

「わたしは、あなたが好きなんすよ！　愛してるんす！」

「い、いや……だから……」

と、そのときだった。

……窓から、誰かの声がした。

「えぇーーーーーーーーーーーー!?」

声のする方を見ると……。

「の、ノア様ぁああああああああ!?」

なんと、窓枠に、もう一人のノアがいたのだ。

「え!?　なんで!?　ノア様が……ふ、二人!?　どうして!?」

そう……それはなぜかというと……。

「オレ様だ、ロウリィ」

たった今、ロウリィが告白した方のノアが……ため息をつく。

「オレ様……？　その声……ま、ま、まさかー！」

ロウリィは、間違いに気づく。

そう、今告白したのは……。

ぽんっ、と音を立てると、目の前には……。

「な、ナベちゃん!?」

黒犬ナベリウスが、椅子の上にお座りしていた。

「なんで!?　ナベちゃんなんで!?」

「ノア様が仕事ほっぽって外に行ったから、影武者として仕事してたんだよ……」

ナベリウスは影を使う悪魔だ。

自分の影を変えることで、姿を他人にまねることができる。

ようするに……。

「え？　わたし……ノア様に変身した、ナベちゃんに……告ったことになってる……？」

ナベリウスが、気まずそうにうなずく。

一方で……。

「はわわ、はわわわわわっ」

サボり先からちょうど帰ってきたであろう、ノアが、動揺しまくっていた。

まずい！

「の、ノア様！　違うの！　誤解なんすよぉ！」

自分が好きなのは、ノアである。

だが……ノアはというと。

「あ、ああ……うん。誤解ね。うん、そうね、誤解だったのね……」

目に涙を浮かべて、ぷるぷる……とノアが体を震わせる。

「お、俺さぁ……け、結構ロウリィのこと、好きだったんだけどなぁ……」

……どうやらナベリウスに告白したロウリィを、バッチリ見ていたみたいだ。

「そ、そっかぁー……ロウリィが好きだったのは、ナベだったんだなぁ……」

「ちっげぇええええええええええええええええええええええ！」

やはり、盛大な勘違いを起こしていた！

ノア視点で見ると、自分に気があると思っていた女が、実は知り合いの別の男の事が好きだった。

となる。

「お、俺さぁ……へへっ……ば、ばかだったなぁ……ロウリィが……俺のこと、すきって……誤解しててさぁ……」

「いや誤解じゃないっすよ！　そこは誤解じゃないんすよぉ！」

ロウリィが弁解しようとすると……。

「う、」

「う？」

「うぇえええええええええええええええええええええええん！　ロウリィのアホぉおおおおおおおおおおお！」

ノアは子供の様に泣きわめくと、窓枠に足をかける。

「ああ、ノア様！　どこへ……！」

「知らない知らないもう知らない！　ぼくもうおうちにかえりゅーーーーー！」

ノアは窓から飛び降りると、どこかへと消えてしまった。

ぺたん……とロウリィがその場にしゃがみ込む。

ナベリウスが、気まずそうに近づいてきた。

『す、すまん……』

ロウリィは頭を抱えてもだえる。

「やっちまった！　やっちまったっすぅううううううううう！」

ころころ、とロウリィがその場に転がる。

「なんでナベちゃんっ、早くいってくれないんすか！」

『いや、言っただろ。おまえが間違ってるって……』

確かにそうだった。

考えてみれば、ノアが夜中まで仕事をしている時点でおかしかった。

ナベリウスは何度も止めようとしていた。

だがその言葉を無視して、告白したのは、ほかでもないロウリィである。

「どうしよう！　ナベちゃん、どうしよー！」

黒犬の体に抱きついて、涙を流しながら尋ねる。

ナベリウスはため息をつく。

『とりあえず、落ち着け。時間をおいて、少し冷静になったときに、誤解を解こう』

「うん……そうっすね……」

ロウリィもノア同様、今はまともな精神状態じゃない。

ここで追いかけて、言葉を重ねても、さらなる誤解を生むだけだ。

「そうっすよね……ノア様も、馬鹿じゃないですし。時間をおいてちゃんと話せば、わかってくれ……る……す？」

ナベリウスも、ロウリィも、首をかしげる。

「だ、大丈夫かな……？」

『た、たぶん……』

ふたりとも、ノアのアホさ加減を、よくよく知っていた。

「な、何かやらかしたり……しないっすかね？」

『な、何かって……なんだよ……？』

「さ、さぁ……ショックで何をするかわからないっすから……」

ふたりの表情は晴れない。

『まあ……今更仕方ない。待っていれば、いずれ帰ってくるだろう。そのときにちゃんと話せば良い』

「そっすね……何事も、起こらないといいんすけど……」

★

後日。

「た、大変ですわっ、ロウリィ様、ナベリウス様……！」

ノアの婚約者、サラディアスが、血相を変えて、ロウリィ達のいる部屋へと入ってきた。

領主の仕事は、ロウリィとナベリウス、そしてサラがやっているため、なんとかなっていた。

サラはテーブルの上に、一枚の羊皮紙を置く。

「今朝……国中にこのビラが！」

『こ、これは……！』

ロウリィは、驚愕《きょうがく》する。

そこには……。

【ダークノワール・ブラックシュバルツ団、団員募集】

『こ、これは……クロヨン!?』

クロヨン。つまり、ノアがかつて闇の賢者だったときに、作った福音書（妄想日記）をもとに設立された……。

闇の教団（笑）のことである。

『あいつら！　ノア様がつぶしたのに、また復活したんすか！　性懲りもなく！』

『いや待て、ロウリィ……これをよく見ろ……』

ビラには、魔法陣が描かれていた。

魔法陣に触れると……そこから光が発生する。

『映像を再生する魔法みたいだな……』

『って!?　これはぁ……！』

魔法陣から放たれる光……。

そこに映し出されたのは……。

【我は闇の大賢者！　ノアールである！】

『の、ノア様ぁあああああああ!?』

そう……。

あろうことか、潰したはずのクロヨンに、ノアがいたのだ。

『に、偽物……？　偽物っすよね。だって普段と、見た目が全然違うし……』

黒髪に赤マントの普段着とは、違っていた。

今のノアは、白髪に染めて、黒いマントを身にまとっている。

黒い穴あきの手袋をして、銀のアクセサリーをあちこちに身につけていた。

『いや……この魔力……ノア様本人だ……』

ビラに込められている魔力の残滓《ざんし》から、ナベリウスは、ノアがこの魔法を施したのだと気づく。

『じゃ、じゃあ……本人？　なんで？　ノア様、なんでクロヨンに……？』

すると、呼応するように、映像の中のノアが答える。

【この我は、現世に転生した。まっとうな人間として生きていた……しかし！　気づかされたのだ、世界の無情、悲劇……この世からは決して、なくならないのだと……】

ばっ……！　とノアが手を広げる。

【この闇の大賢者ノアールは宣言する！　ここに、大ダーク帝国の設立を宣言し！　世界を征服すると！】

『せ、世界征服ぅううううう!?』
何を言い出すのだ、このノアは……!?
とふたりが動揺する。
【素晴らしいお考えです、ノアール様！】
『り、リスタっす！』
ノアールの隣に、リスタが現れる。
『どうやら傷心のノアに余計なことを、この女が吹き込んだみたいだな……』
『なんてことを……！』
ナベリウスがあきれ、サラが手で口を覆う。
馬鹿《ノア》に狂信者《リスタ》が加わったのなら、とんでもない事態になっていても、おかしくない。
【我は宣言する。世界を征服した暁には……】
くわっ、とノアが目を見開く。
【この世から、カップルを、一人残らず駆逐してやるぅうううううううううう！】
……その瞬間、ロウリィとナベリウスは気づく。
なぜ、ノアがこんなアホなことをしているのか……。
『ま、まさかノア様……失恋のショックで、闇墜《お》ちしたんすか……？』
『オレ様に、ロウリィを取られたショックで……』

ナベリウスと、ロウリィが顔を見合わせる。

そして……こう言うのだ。

いつも通り……。

『どうしてこうなったぁあああああああああああああああああああ!?』

7話　第七王子は闇落ちする（原点回帰）

第七王子ノアが、闇落ちした……。

魔神ロウリィはそのことを耳にして、驚愕《きょうがく》する。

ここはノアの館、領主の部屋にて。

白髪猫耳の美少女……ロウリィが言う。

「どうしよう……ノア様、頭おかしくなっちゃったっす……」

一方で、大型の黒犬がため息をつく。

『もとより馬鹿だろあいつ』

「あ、そっか」

けろっとするロウリィ。

「ナベちゃん、どーしよ？」

『とりあえずあのバカを連れ戻し、きちんと告白すれば良いだろう』

「うん、そーっすね……元々は、誤解からはじまったわけっすし……」

ノアが闇落ちした理由。

それは、ロウリィが、間違って告白したからだ。

以前からノアとロウリィは、お互いに思いを募らせていた。

ロウリィは一大決心をし、ついにノアに告白した……だが。

実は相手はノアの姿で影武者をしていた、ナベリウスだった。

その告白の様子をバッチリノアに見られて、傷心し、そのショックで闇に落ちた次第。

ならば、きちんと告白をやり直せば、ノアも元に戻るだろう。

「まずは……ノア様見つけないとっすね」

『ああ、商人のサブリーナに、闇の教団の情報を調べさせてる』

「ナベタン……！」

ひしっ！　とロウリィがナベリウスの首にだきつく。

「ナベタンあんたできる犬っす！」

『なれなれしい猫だなおまえ』

「ほねっこたべる？」

『いらん』

ほどなくして……。

こんこん……。

「失礼しますっ！」

「おお、サブリーナちゃんくん、おひさしぶりっす！」

見た目麗しい、少女のような……商人。

サブリーナ・エチゴーヤ。

かつてはゴブリン商人という別称がつくほどの醜い姿だったが、ノアのおかげで、美しくなった過去がある。

サブリーナは【銀《ぎん》鳳《おう》商会】という、最大手の商業ギルドを経営していた。

その人脈を使って、ノアの現在を調べさせていたのである。

「それで、クロヨンの情報は？」

クロヨン。ダークノワール・ブラックシュバルツ団のこと。すべて黒だからクロヨン。

「はい。ノア様は現在……着実に教団員を増やしているようです」

机の上に、サブリーナが資料を置く。

「教団員を増やす？」

「はい。ノア様は闇の大賢者として、世界各地に出現しては、信者を増やしているらしいのです」

『あいつ闇落ちしてもやってること同じではないか……』

ナベリウスは深々とため息をつく。

『しかしなぜ信者を増やす？』

「そりゃ、世界征服のためじゃないっすか？」

ふるふる、とサブリーナが首を振る。

「どうやら違うみたいです。たとえば……」

サブリーナは資料を一枚、手に取る。

そして、調べてきた、ノアについてのエピソードを語った……。

★

ある日、とある村にて。

「テディ！　テディー！」

一人の若い男に、女がすがりついて泣いている。

男は村人。

先日ゴブリンの群れが村を襲い、テディは恋人と村を守るため、勇敢に戦った。

……そして、死んだ。

「いやよ！　テディ！　死なないで！　テディぃいいいいいいいい！」

村人達の表情は暗い。

テディの死は、無駄死にだったからだ。

確かにテディの奮闘は、ゴブリンを退けた。

そう、退けただけであって、撃滅したわけじゃない。まだ、生き残っている。

「ゴブリンがまた来るぞ……」「どうするんだ、冒険者を雇うか……？」「そんな金、この村には……」

テディの死を悲しむのは、恋人である彼女だけ。

残りは皆、ゴブリンの襲撃におびえていた……そのときだ。

「皆さん、おびえることはございませんっ！」

ひとりの、美しい女があらわれた。

長い金髪をたなびかせながら、まっすぐにやってくる。

「あなたは……？」

「わたしはリスタ。さる偉大なる大賢者さまの、従者です！」

「偉大なる……大賢者……？」

リスタがうなずくと、上空を指さす。

「ふっ……！　我《おれ》、参上！」

ばっ……とかっこいいポーズを取るのは……。

銀髪に、黒いマント。

黒いレザーのイケイケな服装に、ちゃらちゃらとした銀のアクセサリー。

穴あきのグローブに、銀の指輪をはめている。

「あなたは、いったい……？」

空に浮いていた銀髪の男……。

「控えろ、我《おれ》は闇の大賢者……いや、神だ」

「「「か、神……？」」」

またも病気……もとい、厨二病《ちゅうにびょう》を発症させている、この男。

「この方は大賢者、ノアールさまであらせます！」

リスタに紹介されて、ノアール……もとい、ノアがまたかっこいいポーズを取る。

……ロウリィとのショックで、前世で発症させていた厨二病《ちゅうにびょう》を再発させていたのだ。

「どこのどなたか存じませぬが、あとにしていただけないでしょうか？」

「どけ、愚民ども。神が貴様に奇跡を示してやろう」

村長を押しのけて、テディの元へと向かうノア。

「魔法使い様……！　テディを、助けてください！」

「ふっ……当然だ。我《おれ》に任せておけ」

ばっ……！　と片手を頭上にかかげる。

「【大天使息吹《ホーリー・ブレス》】！」

その瞬間、ノアの背後に、巨大な天使が出現する。

天使はふぅっ……と吐息をつく。

すると……。

「う、うう……こ、ここは……？」

「テディ!?」

恋人の復活に、娘は涙を流しながらしがみつく。

テディは生きていた。

死んだはずの彼が……である。

「ああ、テディ！　生き返るなんて……！」

一方で村人達は歓声を上げる。

「す、すごい！」「死者すら復活させるなんて！」「あなた様は何者なのですか！」

ふっ……とノアがかっこをつけて笑う。

「言っただろう……神だ」

「「おおー！」」

村人達は、ノアを頭のおかしい男だと思っていた。

しかし、こうして奇跡を起こしたいま……。

「お願いがあります、神様！」

村長が跪いて、ノアに懇願する。

「我らの村はゴブリンに襲われて困っているのです！　なにとぞ！」

「ふっ……なんだそのようなことでいいのか」

ぱちんっ、とノアが指を鳴らす。

その瞬間……どちゃっ……！

「「えええええええ!?」」

村人達の前に、大量のゴブリンの死体が、山のように詰まれて居るではないか。

「索敵魔法で巣を見つけた。その巣穴から、風魔法で酸素を奪い窒息死させておいた」

「「す、すげぇえええええ！」」

村人達にとっての最大級の懸案事項を、一瞬で解決してみせた。

「「まさに神！」」

「さぁ！　神の御名を呼ぶのです、みなさん！」

リスタに先導され、村人達は言う。

「「神！　ノアール様！」」

ノアはふっ、と笑う。

「この我《おれ》についてこい、愚かなる迷い人どもよ」

現在絶賛迷走している最中の、ノアが言う。

「貴様らを我《おれ》が導いてやろう……我が軍門に降れ！　【ダークノワール・ブラックシュバルツ】団の御旗の下へ！」

リスタがうなずくと、どこからか、旗を取り出す。

掲げた旗には、ドクロマークが描かれていた。

「「「うぉおおおおおおお！」」」

……かくして、闇の大賢者は村を救い、信者を増やしたのだった。

★

現在、カーター領主の館にて。

「ということらしいです」

サブリーナからの報告を聞き、ロウリィは首をかしげる。

「え、なんであの人、人助けしてるんすか？」

ノアは世界征服を標榜《ひょうぼう》にかかげていたはず。

だが彼が先ほどやった行為は、弱者を助ける行為。

とてもじゃないが、力で世界を征服するような、魔王的振る舞いではなかった。

『そういうことか……』

「え、ナベタン、何かわかったんすか？」

黒犬がため息をつきながら、応える。

『おそらくノアは……信者を増やそうとしているんだ』

「信者を、増やす？」

『ああ。やつの言うところの世界征服。おそらくそれには興味はないんだ。やつはカップル……恋人が憎いだけ。恋人をこの世から消すためには、どうすればいい？』

うーん、とロウリィとサブリーナが首をかしげる。

「恋人を一人残らず殺すとか？」

『無理だな。人間がどれだけ多くこの世には居ると思う？　よしんば、カップルを駆逐したところで、独り身たちがくっついて新たなカップルを作るだろう』

「じゃあどうするつもりなんすかね？」

ナベリウスは、うなずいて応える。

『ノア様は、この世界を武力によって制圧するのではなく、弱者を救い、信者を増やしていくつもりだ。いずれ世界を統一する、一大宗教団体を作るのだろう』

「宗教団体って……カーター領がそうじゃん」

そう、ノアがやっているのは、以前と全く変わらない。

何か凄《すご》いことをして、信者を増やす、というだけ。

「ノア様の狙いは？」

『自分を神として祭り上げる団体を作り、そして、そこで会則《ルール》を作るのだろう……』

「ルール？」

ロウリィからの疑問に、ナベリウスがうなずいて応える。

『恋愛禁止令、というルールをな』

ロウリィは……絶句する。

「あ、あの人……まじで、カップルをこの世からなくすことしか、頭にないんすか？」

『ああ、だろうな……もしも本当に世界を武力によって征服するつもりなら、とっくにやってるだろう』

「た、確かに……ノア様無駄に強いっすからね」

Sランクモンスターをワンパンし、悪魔の大群をたやすく退けるだけの魔法と剣の腕を持つのだ。

世界を恐怖で支配することなど、たやすい。

だがそうしなかったのは、弱者を救済し信者を増やして、恋愛禁止令を発令するため。

「なんつー……世界規模のアホムーヴをしてるんすかあの人……」

『まあ、アホだからな、あの人』

はぁ……とロウリィとナベリウスがため息をつく。

「素晴らしいです！　ノア様！」

きらきら、とサブリーナが目を輝かせる。

「世界から弱者をなくすべく、旅を続けるなんて！　なんて素晴らしい……！」

「『ああ、バカばっか……！』」

そのとおり、ノアの関係者はバカばかりなのである。

「わたしもノア様……いえ！　ノアール様をお助けしてきます！」

だっ！　とサブリーナが出て行った。

はぁ……と悪魔と魔神がため息をつく。

「とりあえずノア様が各地で善行してるってことで、安心したっす。悪い事してなくて良かった」

『あいつバカなだけで根は善人《へたれ》だからな』

やれやれ、と二人が首を振る。

「サブリーナちゃんくんが残した資料を基に、ノア様の足取りを調べるっす」

『ふん……仕方ない。オレ様も手伝ってやるよ』

「ありがと、ナベタン！　やっぱあんた優しいっす！」

『……ふん。勘違いするな。オレ様にも、いちおう非があるからな。あの日……すぐに変身を解いてれば……こんなことには……』

影武者として活動しているとこに、ロウリィが告ってきた。

そのときに驚いてしまい、対応が遅れてしまったのである。

だがあそこですぐに正体を明かしていればこんな事態にならなかった。

ナベリウスなりに、負い目を感じているのである。

……かくして、ロウリィ達は、各地で善行をなす神《ノア》の足取りを、調べることにしたのだった。

★

俺、ノア・カーターは闇に落ちた……！

この世から一組残らず、カップルを駆逐してやるぅ！

その日、俺はとある村を訪れていた。

「ノアール様。闇の大賢者様、どうか我らの悩みをお聞きください」

村長、以下村人達が、俺の前に土下座している。

「うむ、良かろう。聞いてやる」

村長が畑へと連れて行く……。

「日照りが続き、村の畑が干からびて困っているのです。どうか、お助けください……」

「はんっ！　なんだその程度のことで嘆いていたのか……！」

おおっ！　と村人達が沸き立つ。

俺は地面に手を置いて魔法を発動。

その瞬間……。

大地が、黒い沃野に。

そして頭上から、雨が降り注ぐ。

そして村の近くに川が引かれる。

これらすべて、俺が魔法で行ったこと。

「素晴らしい！　奇跡だ！」「まさに神の奇跡だっ！」

ふっ……愚かなる村人どもは、俺の所業が神のそれだと思っているらしい。

だが……計画通り！

「見ましたでしょうか、みなさん！」

金髪の美少女、リスタが目を輝かせながら言う。

「これが神の奇跡です！」

「「かーみ！　かーみ！　かーみ！」」

リスタには人をその気にさせる不思議な力が備わっているらしい。

「さぁ！　神をあがめましょう！」

「「ノアール！　ノアール！　ノアール！」」

ふっ……ちょろいもんだ。

「貴様ら、今日から我《おれ》の舎弟な」

「「はいっ！」」

「我《おれ》の仲間になる以上、会則《ルール》には従ってもらうぞ……！」

「「もちろんですっ！」」

よっしぃ！　これでまた、世界から悲しみ（※カップル）が消えたぜぇ！

ひゃっはー！

「さすがですノアール様！」

一緒についてきた者の中には、白装束の教皇がいた。

「おお、エルレイン」

元・教皇エルレイン。

かつての俺の弟子だった、らしい。

「やはりノアール様は昔も今も、変わらず、弱者達に救いの手を差し伸べておられますね！　素晴らしいです！」

昔も……？

あれ、俺って昔もこんなことしてたっけ？

あの頃は魔法の修行だっつって、各地で魔法の訓練をしていたが……。

あれ以外に、別に何かした覚えはないぞ？

ま、いっか！

「エルレイン。信者どもの管理は貴様に一任する」

「わかりましたわ！」

「決して！　恋愛などにうつつを抜かすような輩《やから》が出ないよう！　徹底するんだぞ！」

「もちろんです！」

「後は任せる。俺は帰る」

ぱちんっ、と俺は指を鳴らす。

俺が帰ってきたのは、神聖皇国内にある、大聖堂。

かつてエルレインたち、天導教会が使っていた大聖堂を、俺たち【ダークノワール・ブラックシュバルツ団】の拠点として使っている。

いずれ世界を統一し、大ダーク帝国を作るのだ……！

「さて……」

俺はあてがわれた私室へと戻る……

そして……。

「うわぁあああああああん！　ロウリィのばかばかばかーーーーーーーーー！」

俺はベッドにダイブ！

そして枕をロウリィに……あのにっくき白猫に見立てて、ポスポスと殴る。

「俺のことあんだけ好き好きオーラだしといて！　別の男に告白するとか！　ふざけんなふざけんなよぉおおおおおおおおおん！」

ああもう！　思い出したら腹立ってきたぁ！

くそぉ！　寝取られものって俺嫌いなのにー！　ちくしょー！

「はああんロウリィ！　ああロウリィ！」

と、そのときだった。

『ここにいたのか、ノア様』

ベッドの下から、にゅっ、と黒い犬が顔を出す。

「てめえナベぇええええええええええ！」

俺の仇敵《きゅうてき》、ナベリウスがベッドから這《は》い出《で》てきた。

「貴様、どうしてここが!?」

『影の眷属《けんぞく》を、世界中にばらまいて貴様を捜し当てたのだ……』

「くっ……！　よくぞここを探し当てたな……まずは褒めてやろう」

俺はベッドに腰掛けて、取り繕う。

え、さっきの悶《もだ》えてたシーン、見られてないよね？　見られてないよね？

『今更取り繕っても遅いぞ。バッチリ見てたからな。ロウリィにフラれて傷心なところ』

「うがぁあああああああああああ！」

見られてたぁああああああああああ！

しかもよりにもよって、俺から女を横取りしたやつにぃ！

『ノア様。落ち着いて聞いてくれ』

「ええい！　聞く耳など持たん！　貴様……俺の城に土足で踏み入れておいて、生きて帰れるとでも思ったか！」

俺は右手に黒い炎を出現する。

「闇の魔法、【黒炎灰燼帰《ダーク・フレア》】！　一度受けたら最後！　相手が死ぬまで燃え尽きぬ炎！」

『ちょっ……!?　ノア様落ち着いて！』

「落ち着けるか死ねぇええええええええええええええええええええええ！」

俺は炎を投げつける。

ナベの体にぶつかると。

『うぎゃぁあああああああああああああ！』

「はっはっは！　悪魔すらももやしつく最強の炎だぁ！　一度受けたら最後！　魂までも燃やし尽くしてやるぅ！」

ははっ！　苦しめ苦しめぇ！

俺を苦しめた分だけぇ……！

『うぐ……の、ノア様……』

…………。

……………………。

…………………………………ちっ。

ぱちんっ。

ふっ……と黒い炎が消える。

『……どうして？』

「ちっ……なんか、やなんだよ。弱い者いじめみたいでよ」

黒犬がよろよろと立ち上がる。

体のダメージを、魔力で治してやる。

「それにてめえ、なぜ抵抗しない？　術者を殺せば魔法は解除される。わかってるだろ？」

『……殺すわけないだろ。貴様のことを』

「ちっ……」

だから、殺したくなかったんだよ。

抵抗しようと思えば、できたんだからな。

「んで、なんだよナベ。言い訳か？　俺から女を取って、俺をあざ笑いに来たのかっ？」

『いや……だから違うし。それになノア様、貴様は一つ大きな勘違いをしてる』

「はぁあああああああん？　間男の言い訳なんて聞きたくありまっせーーーーーん！」

ナベリウスはため息をついて、言う。

『オレ様は……………………女だ』

「…………はい？」

今、なんつった？

「え、ナベタン。なんて？」

『オレ様は女。メス。フィーメイル』

「……………えーーーー!?」

なんてこった！

ナベリウスは女だったのぉ!?

「う、嘘《うそ》つくなよ！　だっておまえ、自分のことオレ様って！」

『オレ様をオレ様って呼び、なぜ性別が男と断定する。俺っこなるものがこの世にはあるのではなかった？』

た、確かに……！

『それに貴様、飲み会のたびに、オレ様は女の獣人っぽいみためをしていたではないか』

「た、たしかにー！」

『……そこで、なぜオレ様が女だと気づかない』

「女になるのが趣味なアッチ系の人かと」

『バカか、貴様。いや……バカだったな……』

はぁ～～～～～～～………とナベリウスがため息をつく。

「え……？　じゃ、じゃあ……俺……勘違いしてたの？」

『ああ、そうだ。ノア様、貴様は勘違いしてたんだよ』

そっか……そっかぁ……。

「そういうことか」

『ああ、そういうことだ』

ふっ……と俺たちは笑い合う。

「エルレイぃいいいいいいいいいいいいいいいいいン！　リスタぁああああああああああああああああああ！」

「「お呼びでしょうか！」」

『どっから出てきた!?』

俺たちの前には、いつの間にか狂信者一と二が現れる。

「伝令！　今から会則《ルール》を増やすぞ！」

「「はっ……！」」

『会則を、増やす？』

俺はリスタ達に、言う。

「俺の組織内では、恋愛禁止だ！　そして、【女の子同士の恋愛】も、禁ずる！」

「「了解です……！」」

エルレインとリスタが消える。

『待て待て待て！　ノア様！　何を勘違いしてるんだ！』

ナベのやろうがあわてて、弁明をしようとしてくる。

「ナベ、てめぇは女、そしてロウリィも女！　つまり！　百合《ゆり》カップルってことだろう!?」

『ちっげぇええええええええええよ！』

ああくそっ！

そういうことかっ！

ロウリィのやろう！　女もいけるなんて！

「俺は決めたぜ。男女だけでなく、女女のカップルも、この世から一組残らず駆逐してやる！」

『だから！　ノア様！　勘違いだから！』

俺は立ち上がって、マントを翻す。

「さぁ！　いくぞ！　今日も弱者どもを救い、世界を征服してやる！　そんで！　カップルは、男女だろうと女同士だろうと、ぜーーーーーーんぶ俺がぶっ潰してやるぅうううううううううう！」

俺は、俄然《がぜん》、世界征服への意欲を燃やすのだった！

『どうしてこうなったぁああああああああああああああ!?』

★

闇落ちした第七王子ノアは、闇の大賢者ノアールとして、大ダーク帝国の建国を宣言。

彼らの軍勢は周辺国家にまで侵攻していた。

ある日のこと。

エルフの国【アネモスギーヴ】にて。

「出たぞ！　闇の賢者だ！」

エルフの兵士達が矢をつがえる。

そこにいるのは、銀色に髪を染めシルバーアクセサリーをチャラつかせるノアの姿だ。

「止まれ！」

だが兵士の警告を受けても、ノアの歩みは止まらない。

「止まれと言っている！　さもなくば……！」

「さもなくば射るぞ、か？　いいぞ、射ってみろ！」

ノアは両腕を悠然と広げる。

エルフ達は戸惑うが、指揮官の命令には逆らえない。

「射よ！」

雨あられと、矢が降り注ぐ中。

ノアは……動かなかった。

すべての矢がノアを避けたのだ。

「なっ!?　バカな！　ま、魔法か貴様!?」

「ふっ、魔法ではない。読んだのだよ、風の動きをな」

歴戦の剣士であるノアにとって、飛び道具は通用しない。

矢が飛んでくる位置を、風の動きから逆算できるのだ。

余計な動きはせず、絶対に当たらない場所で待ち構えていただけである。

「なんて化け物！　第二射、用意！」

「それには及ばん」

がらがらがらがらがら……！

ノアの足下に、大量の矢が、山のように詰まれている。

「そんな!?　いつの間に我らの矢を！」

「貴様が悠長に構えてる間にな……くく、どうした？　もう終わりか？」

ノアの圧倒的な力の前に、エルフ達は意気消沈する。

普段はおばかで、勘違いしまくってる彼だが。

真面目に戦闘すれば、ここまでやっかいな相手は居ない。

剣聖の剣術、賢者の魔法。

どちらも極限まで鍛えて、身につけた彼にとっては、戦いという行為はすべて無意味となる。

なぜなら、挑めば敗北が必定だからだ。

そう……敵に回すと、最も怖いのが、このノア・カーターという男だった。

「武器を捨て、投降せよ」

「くっ……！　殺せ！」

エルフの兵士のリーダーは女だった。

ノアはニヤっと笑う。

「殺しはしないさ」

「なっ!?　も、もっと恐ろしい目に遭わせるというのか！　私を！　獣のようにむさぼるというのかっ!?」

ぱちん、とノアが指を鳴らす。

そこへ、ノアの部下……ダークノワール以下略団が現れる。

「者ども……飯の時間だ」

「「は……？」」

エルフ達が、目を丸くする。

「い、今なんて……？」

「飯にするぞ」

リスタをはじめとした、ノアの部下達がテキパキと、炊き出しの準備を進める。

「食事なんて我らに不要……」

ぐぅ～～～～～～～～～～～～！

「くく！　貴様らエルフが昨今、森が枯れ、森の恵みを十分にもらえてないことは調査済みよぉ～……腹が減ってるんだろうぉ？　ん？」

「な、なんだこの旨《うま》そうな香りは……!?」

大鍋の中に、なみなみと、スープが入っていた。

「これは……豚汁だ！」

「「と、豚汁!?」」

「ああ、異世界の美味なる食いもんだ……くく、さぁ……食べるが良《い》い」

エルフ達は皆警戒心を強めていた。

だが豚汁から発せられる、圧倒的な芳《こう》ばしい香り……。

「お、おれは食べるぞ！」「ぼくも！」「どけ！　わたしも！」

エルフ達が豚汁に殺到する……。

「「う、うまぁあああああああい！」」

エルフ達は涙を流しながら、豚汁をすすった。

普段味の薄いものしか食べてこなかった彼らにとって、豚汁のような、がつんと刺激の強い食べ物は……。

まさに、悪魔的だった。

「くくく！　森のエルフどもめぇ。我が術中だと気づかずに～」

エルフ達は精進料理のような、粗食を基本とする。

つまり……。

「貴様ら、俺の配下に加われ。そうすれば、毎日こんなうめえ飯にありつけるぞぉ～？」

一度食べれば、もう後は……。

「「はいっ！　ノアール様！　我らはあなた様についていきます！」」

こうして、また国が一つおとされたのだった。

★

ノアの世界征服とは、武力による一方的な制圧ではなかった。

弱者を助け、ときに、甘い言葉でそそのかし、自らの仲間に入れていく。

ノアの目的はあくまでも恋人達（女同士も含む）を駆逐すること。

彼らを仲間に率いて、ルールによって、恋愛の自由を奪う。

これがノアのいうところの世界征服だ。

なんとも平和な征服といえよう。

「しゃーっしゃしゃ！　順調に我が団の勢力は拡大してるようだなぁ〜！」

神聖皇国の大聖堂にて。

世界地図の三割が、赤く塗りつぶされている。

「あと残り七割で……世界は俺のものになる……くかかっ！　見てろよリア充どもぉ！　俺がこの世から駆逐してやるぜぇ」

と、そのときだった。

『ノア様〜……』

窓からひょこっ、と白猫ロウリィが顔を出す。

「なっ!?　ろ、ろりえもん！」

一瞬、ノアに戻るが……。

「ど、どうしてここが……？」

すぐまた、ノアールに戻る。

ロウリィは窓から降りて、人の姿になる。

「ノア様、ナベちゃんにアナタの居場所聞いてきたっす」

ナベリウスは一度ココを訪れている。

そのときはけんもほろろに追い返したのだが……。

どうやらあの悪魔は、ロウリィに居場所を漏らしたようだ。

「な、何しに来たんだよ、今更」

ぷいっ、とノアがそっぽを向く。

「おまえの彼女とよろしくやってりゃいいだろ？　こんなとこに来なくてもさぁ！」

ノアはロウリィにフラれた、と勘違いしている。

ナベリウスに取られた、と誤解している。

だから……。

「好き！」

「……………え？」

ロウリィは、顔を赤くして叫ぶ。

「あんたが好きなんすよ、ノア様！」

ロウリィは、もう何も包み隠さなかった。

言葉を重ねるよりも、想《おも》いをストレートにぶつけた方がよいと、そう思ったからだ。

「う、う、うそだ！　うそだぁ！」

ノアは子供のように、ぶんぶんと首を振る。

「な、ナベに告ってただろ！」

「ノア様が好き！」

「お、女の方が好きなんだろ！」

「ノア様が大好き!!」

ノアが何を言っても、ロウリィは好きと、答え続けた。

やがて……。

「お、俺も……」

ノアは、ぽつりとつぶやく。

「俺も……ロウリィ……おまえが、好きだーーーーーーーーーーーー！」

ノアはやっと素直になって、ロウリィの胸に飛び込む。

ふたりは正面からハグして、お互いぎゅっと抱き寄せる。

「おまえが好きだ！　ロウリィ！」

「わたしもっす、ノア様！」

ふたりは顔を見合わせて、幸せな笑顔を浮かべる。

「誤解だったんだな」

「ええ、誤解だったんす」

「そうか……目が覚めたよ」

ノアはぱちんっ、と指を鳴らす。

元の黒い髪に、そして、服装もいつもの、赤いマントに変わる。

「シルバーで統一とかくそだせえな！」

「まったくっす！」

ふたりがガハハッと笑う。

「いやぁ、これで一件落着だな！」

「そーっすね！　誤解も解けたし、ノア様の厨《ちゅう》二《に》病《びょう》も治ったし！　これで全部おしまいっすね！」


……ところが、どっこい。

そんなわけがなかった。

「ノア様！　失礼します！」

「「げぇ……！　リスタ!?」」

リスタが笑顔でノアの部屋へと入ってくる。

そして、手に持っていた赤ペンで、壁に貼ってあった世界地図を塗っていく。

世界の四割……五割……。

六割まで、塗り終わった。

「「ふぁ……!?」」

「ノア様！　世界征服の状況を報告！　現在、世界の六割が、我ら大ダーク帝国の支配下となりました！」

「「なにぃいいいいいいいい!?」」

ノアが知らぬ間に、世界の半分以上が、頭のおかしな集団の手の中に落ちていたようだ。

「あと残り四割の残存兵力ですが。残りの国家が力を結託し、我ら大ダーク帝国に世界大戦をふっかけてきました！」

「「世界大戦ぅうううううううう!?」」

なんだか、知らぬ間に恐ろしいことが始まろうとしている!?

「敵はカーター領を中心として、我らに戦いを挑むかまえです！」

「ちょ、ちょょっと待つっす！　なんでカーター領が出てくるんすか!?」

ロウリィからの問いに、リスタが答える。

「ノア様がカーター領を出て行ったことで、領民達はサラディアスさんをリーダーに『打倒・ノアール！　ノア様を討った悪を滅する』を標榜《ひょうぼう》に掲げているようです！」

ようするに……。

カーター領民達は、ノアールが、ノアと同一人物であると……気づいてないのだ。

ノアールがノアを倒したと。

だから、ノアの敵を討つと。

「「またマッチポンプかよ!?」」

毎度お得意の、マッチポンプの図であった。

もはや様式美である。

「我らも負けてはいられません！　カーター領が相手だろうと、世界が相手だろうと、迎え撃つのみ！」

だが……。

肝心の、ノアールはすっかり目が覚めていた。

「あ、あのねリスタ……もういいんだよ。世界征服は……」

「なにをおっしゃる！　もうあと四割！　たった四割で、世界がノアール様の手に落ちるのです！　戦うべきです！　戦うのです！　同志諸君！」

ばんっ、とリスタが窓を開ける。

「「「うぉおおおおおおおおおおおおおおおおおおおおおおおおおおおおおおおお！」」」

そこには無数の兵士達が、武器を掲げて雄叫《おたけ》びを上げる。

「ノアール様のために、カーター領を潰すのです！　世界が相手だろうと、叩《たた》き潰すのです！」

「「「うぉおおおおおおおおおおおおおおおおおおおおおおおお！」」」

……その様子を見て、ノアは愕然《がくぜん》とする。

「せっかく……せっかく、上手《うま》くいくと思ったのに……」

ロウリィもまた、呆然《ぼうぜん》とする。

「せっかく……せっかく、想《おも》いが通じ合ったのに……」

ロウリィも、ノアも。

その場にしゃがみ込んで、叫ぶ。

「「どうしてこうなったあああああああああああああああああああああああ!?」」

8話　第七王子は世界を統べる（うっかり）

俺ことノア・カーターは、一度は闇落ちしたものの、ロウリィの愛の力で正気を取り戻した！

だが……同時に世界大戦という、やべえ事態に巻き込まれようとしていた！

「どうしてこうなった……」

場所は神聖皇国内にある、大聖堂にて。

俺たちダークノワール以下略団は、ココを拠点としている。

『ノア様ぁ～……どうするんすかぁ、この事態』

俺の膝の上には白猫が座っている。

ロウリィ、俺の愛すべき可愛《かわい》い猫だ。

「うーむ……とりあえず現状をまとめてみよう」

現状、俺たちダーク以下略団は、世界の六割を手中に収めている。

『全世界の六割の土地と人を手中に収めるって、冷静に考えてやばいっすね……』

「世の中バカばっかりだな」

『ほんとそれ』

「『ねー』」

そこへ……ずぉっ、と俺の影から、黒犬が顔を出す。

「おお、ナベ」

『ナベちゃん！　ありがとーっす！』

ぴょんっ、とロウリィが俺の膝から降りて、ナベリウスの頭の上に乗っかる。

『ナベタンのおかげで仲直りできたっす！　せんきゅー！』

ちゅっ、と感謝のキスをする。

するとロウリィがやれやれ、とため息をつく。

「あっ！　て、てめえロウリィ！　早速浮気かよ！　ふざけんなふざけんな！」

『相手は犬っすよ～。んも～♡　犬ごときに嫉妬するなんて、ノア様はおかわいいひとっすね～』

「ば、ばか……からかうんじゃねえよ！」

俺はロウリィをとりあげて、ちゅっちゅ、とキスをする。

『仲直りできて良かったなバカども』

「『えへへ～♡』」

ふぅ、と息をつくナベリウス。

「さて、どーっすかな。残りの四割はダーク以下略団と戦う構えだろうし」

『降伏宣言でもすればいいのでは？』

そっか。

そうだよな、別に戦う必要は無い。

だって俺はロウリィと結ばれたわけだし？

もう用済みだしな、この団！

「よし、解散しよう。エルレイン！　エルレインはどこだ！」

俺が呼ぶと、神聖皇国の元・教皇……少女、エルレインがやってくる。

こいつは俺の元弟子でもある。

「およびですか、ノアール様」

常に目を閉じた小柄な女。

にこにこしながら、俺に問うてくる。

「ああ、ダークノワール・ブラックシュバルツ団だけどよ。解散……！」

「へ…………？　かいさん、ですの？」

「おう。解散だ」

ぽかん……とするエルレイン。

だが……。

「かしこまりました！」

笑顔で、エルレインがうなずく。

「では、そのように団員達に伝えておきます！」

「おう、よろしく！」

バタン……。

「なーんだ結構あっさり解決したじゃーん」

『ううむ……本当にそうかな……？』

ナベリウスが首をかしげる。

「あん？　ナベは引っかかってるのか？」

『ああ。あっさり身を引いたのがおかしすぎる。またノア様の言葉を勝手に解釈して、暴走する前振りにしか思えん』

ナベリウスの言う通りかもしれん。

どうにも俺の行動は、すべて裏目裏目に出ることが多いからな。

「様子見てくるか」

俺は黒犬と白猫を連れて、エルレインの元へ向かう……。

そこは、大聖堂の、祈りの間だ。

俺の教団員達が集まって、エルレインの言葉を聞いてる。

「皆様！　偉大なるノアール様から、お言葉を賜りました！」

ざわ……ざわ……。

「ノア様はこうおっしゃりました……解散、と」

「『なっ……!?　解散ぅう!?』」

驚き、そして困惑する団員達。

『なんだ、ちゃんと解散してくれたっすよ。ナベタン、気にしすぎじゃないっすか。そんな気にしすぎてたらハゲるっすよ将来』

『やかましい』

しゃー、とナベが牙をむく。

『あーん、ノアたま～。ナベタンがいじめる～。滅却して～』

「ったく、しかたねえなぁ。ナベ、吹き飛ばすけどいい？」

『良くないバカどもが……』

俺たちがじゃれついてる間に、団員達の騒ぎが収まる。

「皆様、どうか冷静に。ノア様のお言葉を、きちんと理解しましょう」

『あ、これあかん流れだ……』

ペットたちと、俺は同じ嫌な予感を覚える。

「解散……それはつまり、散開し、各個撃破を狙う作戦！」

「『おお！　そうか！』」

「『ちげえええええええええよ！』」

何言ってるのあいつ!?

「真正面から敵にぶつかるのではなく、敵陣にスパイを送り込み、一人ずつ信者にしていくのです！　戦いとは、戦う前に準備をよりした方が勝つ！　とノア様はおっしゃりたいのです！」

「ちょっとまてやぁああああああああああああああああああ！」

俺はエルレインの前へと向かう。

「ノアール様！」

信者どもが俺に注目する。

「いつ俺がそんなこと言った!?　ねえ!?　エルレインさんよぉ！」

エルレインは自信たっぷりにうなずく。

「もちろん、先ほど。わたしを呼び出して。あなた様の言葉、ちゃんと届いております」

「みじんも理解してねえだろ！」

ったく、油断も隙もあったもんじゃねえ！

俺が直接言うしかないようだな。

「いいかてめえら！　よーーーーく聞きやがれぇ！」

びしっ、と俺は信者どもに指を突きつける。

「今日をもって！　このダークノワール以下略団は、解散！　終わり！　終了！　これ以上の何もしない！　活動停止！　オッケー!?」

ぽかん……と信者たちが目を丸くする。

だが……。

「「「オッケー！　オッケー！」」」

信者達が笑顔でうなずく。

あ、あれ……？　またあっさり……。

いや！　さっきと同じに決まってる！

「いいかてめえら！　絶対だぞ？　ぜったい解散するんだからな、わかったな!?」

『の、ノア様そこまで念を押さなくていいのでは……？』

ナベがなべごちゃごちゃ言ってるが、駄目なんだよ！

ちゃんと言っとかないと！

「俺たちはもうおしまいDeath★　って、周りにも伝えるんだ！」

「「「！　やはり！」」」

『やはりってなんすか、怖いんすけど……』

まあー、こんだけ念を押しときゃ、大丈夫だろうな。うん！

「つーわけで、はい、以上です！」

「「「お疲れ様です、ノアール様！」」」

こうして、ダークノワール以下略こと、クロヨンは滅亡した。

★

俺はカーター領へと戻ってきた。

「ノア様！」

「サラ」

たたっ、とかけてきて、俺の胸にサラが飛び込む。

「ノア様！　生きてる！　生きてらっしゃるのですね！」

「おう。心配かけたな」

なんか悪いことしちまった。

死んだ扱いになってたんだっけ。

「生きていればそれで……」

『の〜あ〜さ〜ま〜？』

白猫がじとーっ、と俺を見てくる。

ロウリィ、あいつ嫉妬してるんだな。

へへ……可愛《かわい》いとこあんじゃねえか……。

「あとでちゅーしてやるからよぉ」

『やん♡　ばかーん♡　人前で～♡　てれちゃう～♡』

やれやれ、とナベがため息をつく。

『サラディアス。何があった？　オレ様達《さまたち》が居ない間』

「そう！　大変ですの！　クロヨンたちに動きあり、ですわ！」

「『え……？』」

クロヨンとは、ダーク以下略団の略称だ。

「クロヨン達の首魁《しゅかい》、闇の賢者ノアールの謀略による、攻撃を受けたのです！」

「はぁああああああああああああ!?」

こ、攻撃ぃ!?

嘘《うそ》だろ！

『解散したんじゃなかったんすか!?』

「ええ、クロヨン達はお触れを出しました。彼らは解散したと……しかし！　それこそが、闇の賢者の巧みな罠《わな》だったのです!?」

「『罠《わな》!?』」

うなずいて、サラが言う。

「クロヨンたちが解散した。それを知った周辺国家は、気を緩めました。だが！　その隙を突いて、クロヨンのメンバー達が敵国に侵入し、各個撃破してきたのです！」

「『なんだってぇえええええ!?』」

諦めてなかったのかよぉ！

「恐ろしい策略です……闇の賢者……自らを賢い者と名乗るくらいの、知恵の者！」

『単に敵も味方もバカなだけじゃないっすか？』

『ほんと、それな』

ペットたちが吐息をつく。

「これで世界の九割九分が、敵の手に落ちました。残っているのは……カーター領のみ」

「お、おう……まじか……」

あいつら世界征服しちゃうんじゃね、これ……？

「正直、かなり劣勢です。クロヨンはノアールを中心に、まとまっている。それに神聖皇国の騎士達もいます。……ですが！　まだ我らは負けたわけではありませんわ！」

がしっ、とサラが俺の手を握る。

「ノア様が帰ってきてくれた！　これなら、闇の勢力にも立ち向かえます！」

サラが領主の館の窓を開ける。

「「うぉおおおおおおお！　ノア様ぁあああああああああああ！」」

魔王達四バカをはじめとした、カーター領民達が、歓声をあげている。

「みな、ノア様の登場で、士気向上しております！　相手は強敵、だが我らにはノア様がおります！」

あわわわ……はわわわわ……。

「我ら自らの命を！　ノア様に捧《ささ》げます！　ノア様が必ずや、世界に平和をもたらすと！　信じているからです！」

「「「うぉおおおお！　ノア様ぁああああああああ！　おれら喜んで死にますぅううううううううううう！」」」

『ノア様平和どころか大混乱巻き起こしてるっすけど!?』

や、やべえぇ……。

解散なんて余計なことしたから！

飛び火しちゃってる!?

『ノア様……おまえ、念を押さずに、黙って消えれば……もしくは、死んだふりしてればよかったのに……余計なことするから……』

「お、俺は悪くねえ！　俺は悪くねえんだ！」

サラが笑顔でうなずき、肩をたたく。

「ええ！　ノア様は悪くない！　悪いのは世界！　さぁ戦いましょう！　我らカーターの民を率いて！　悪の大ダーク帝国を打ち破るのです！」

俺は頭を押さえて……そして、いつも通り言う。

「どうしてこうなったぁああああああああああああああああ!?」

★

俺、ノア・カーター！

愛《いと》しのロウリィにフラれたショックで闇落ちしたけど、勘違いに気づいたよ！

これで二人はラブラブチュッチュだと思いきや！

なんと闇落ちした俺ことノアール率いる大ダーク帝国は、この世界の九割九分を支配していた！

残りはカーター領だけ。

今まさに、闇の賢者率いる大ダーク帝国VS俺率いるカーター領の大戦の火蓋が切って落とされようとしていた！

「って！　どっちも俺だよぉおおおおおおおおおお！」

カーター領、領主の館。

俺はひとり、ベッドの上で転がっていた。

「うわぁああん！　なんか知らぬ間にやばいことになってるよぉおおおお！」

世界大戦、勃発してるしぃ！

『まー、どんまいっすわ』

可愛《かわい》い白猫がベッドの上でぐでーんとのびをしている。

「元はといえばてめえのせいだろうがよぉ！」

『いや、アホみたいな勘違いをした、貴様が悪いぞ、ノア様』

ベッドの陰から、にゅっ、と黒犬ナベリウスが顔を出す。

『そーだそーだ、ノア様のあほ～』

『いやロウリィ、貴様も大概あほだが……お似合いあほカップルめ』

「『いやぁ、それほどでも～♡』」

『一切褒めてない……ったく……』

ペットどもを含めて、俺はこれからの作戦を立てる。

『んで、どーするんすか、この大騒ぎ』

「記憶リセットかな」

前にやった、全世界の人の意識を改変する魔法。

あれを使おうと思う。

『やめておいたほうがいい』

「あんでだよ？」

ナベリウスが言う。

『敵側のリスタには、ノア様のことを絶対忘れないスキルを持っている』

そー言えばそんなもんもってたような……。

『さらに鑑定魔法を使ってわかったが、やつには【狂信者】スキルが備わっている』

『なんすかそのやばめなスキル……』

『思想を周囲に伝達するスキル……まあ洗脳だな。つまりノア様への崇拝する気持ちを、他者に植え付ける力を持つ』

「がち狂信者じゃねえか！」

『やべーやべーって思ってたっすけど、ついに一線越えた感ありますね……』

つまりリスタをどうにかしないと、記憶リセットが通じないってことか……。

『殺すしかないのでは？』

「ばかやろう。できるかよ」

『なぜだ？』

……なぜと言われても、困る。

俺がやりたくないからだとしか言えない。

女子供に、刃を振るえるかってんだ。

「……やりたくないもんはやりたくない」

『ふふ……ノアッチは優しいっすね』

『甘いんだよまったく……』

ナベリウスはあきれつつも、どこか優しい声音で言う。

洗脳リセットは通じないと……。

「もう……方法は一つしか無いな」

にやり、と俺は笑う。

『待て、ちょっと待て』

ペットどもが俺を止めようとする。

「サラ！　サラはどこだ！」

「ノア様！　お呼びでしょうか！」

一秒で俺の部屋に、サラが入ってくる。

え、外で待機でもしてたの？　こわ……。

「これより作戦を伝える。領民どもを集めろ！」

「もう集まってます！」

え、俺が言うまで待機してたの？　こわ……。

「そ、そうか。では参る！」

俺は部屋の窓を開けて、外へジャンプ。

浮遊魔法を使って、下の奴らを見下ろす。

「うおお！　ノア様だぁ！」「今回もノア様の天才的作戦が炸裂《さくれつ》するぞぉ！」
領民だけじゃない、俺が関わってきた馬鹿どもが勢揃《せいぞろ》いしている。
駄馬兄、セバス、四バカ四天王等など……。
ひょっこり、とロウリィが俺の肩に乗っかっている。
『今までノア様が天才的作戦だったことって一度もないっすよね』
『ほんと、それ』
俺の隣に、翼をはやした黒犬が飛んでいる。
ええい、やかましいペットどもめ。
『ノア様、だめっすよ？』
『わかってるからな、貴様がこれからまた無能ムーヴしようとしてるの！』
な、なんだペットどもはわかっていたのか……。
くくく！　このノア・カーターの、天才的な作戦を。
『『やめろってばマジで！』』
「よく聞け貴様ら……！　これより我らカーター領は……」
すぅ……と息を吸い込む。
「大ダーク帝国に、降伏を、するー！」
『こ、降伏……？』

『負けを認めるということか……？』

ぽかんとするペット＋カーター領民ども。

「そ、そんな！」

振り返ると、窓からサラが顔をのぞかせていた。

「邪知暴虐のノアールを、このまま放置するというのですか！」

『その邪知暴虐の人が婚約者だって気づいてないんすかねこの人……』

『基本的にみんなあほだからほら……』

俺はフッ、と笑って言う。

「俺を信じてくれ、サラ。俺はいつだって……おまえ達カーターの民を愛してる」

『『う、うそくせえ……』』

はい、嘘《うそ》です！

「……わかりましたわ。皆さん、ノア様の言うとおりにしましょう」

こうして、俺はカーター領民どもをつれて、大ダーク帝国に降伏しにいくことになった……

と、思っているようだが、実はちがーう！

このノア・カーターによる、無能ムーヴ、とくとご覧じろ！

★

俺はカーター領民どもをつれて、クロヨン（ダークノワール以下略）の本拠地へと乗り込む。

大聖堂の入り口の前には、武装した聖騎士ども。

大ダーク帝国は母体を神聖皇国の天導騎士団としているからな。

聖騎士の群れの中に、教皇エルレイン、リスタ、そして……闇の賢者ノアールが居る。

『くそ……ノア様。こんな恥ずかしい格好させやがって……！　覚えてろよぉ！』

影武者として、ノアール役にはナベリウスに任せている。

あいつは影を使って姿を変えられるからな。

「してノア・カーター。貴様ーなにをしにきたー」

ナベリウスに、俺が念話《テレパシー》でしゃべる内容を教えている。

ちょっと棒読み過ぎるぞ！

「偉大なる闇の賢者様よ……どうかこの哀れなる領主の願いを聞いてくれ……！」

『哀れな領主って点においてもっともすぎるっすね』

ふぎゅっ、とロウリィを右手でにぎりつぶす。

「な、なんだー。ねがいをいってみろー」

俺は一歩前に出て……頭を下げる。

「降伏する。おまえの仲間に入れてくれ」

ここまでは、シナリオ通り。

「それは、貴様らカーター領民を、わが大ダーク帝国……ぶふっ、入れてほしいってことか？」

おいナベてめえ笑いやがったな！

大ダーク帝国、かっこいいやろ名前!?

さて、俺の返答は……こうだ！

「いいえ！」

「『は……？』」

ナベも、ロウリィも、目を丸くしている。

俺はくるりと反転させて、言う。

「この俺だけをお助けください、ノアール様ぁああああああ！」

『「えーーーーーーーーーーーー!?」』

げはは！　これこそが無能ムーヴ！

名付けて！

【敵軍の将の俺、愚かなる領民どもを手土産に、自分だけが寝返ってしまう】作戦！

『最低！』「最低！」『「マジで最低ーーー！」』

ペットどもが最低を連呼してるがいいのだ！

そう、こうすれば……。

「そ、そんな……ノア様……」

サラディアスが、ほら、青い顔をしている。

くくく！　カーター領民どもも、同じ絶望フェイス！

そうだよなぁ！　頼りになる領主様が、自分たちを売ったんだからなぁ！

「の、ノア貴様！　最低だぞ！　領主として恥ずかしくないのか！」

『ナベちゃん演技演技。本音もれてるっす』

「げへへへ～。ノアール様ぁ。俺は自分さえ助かればそれでいいんですぅ」

俺はノアールのもとへかけより、へこへこ頭を下げながら、ごまをするように手をこする。

「さぁさぁ！　悪魔の民を捕らえてくださいよぉ！　ノアール様ぁ！」

こうすることで、カーター領民たちからは、嫌われる！

さらに、大ダーク帝国のやつらからも、味方を売った最低の領主ってことで、嫌われる！

あとはノアール役にナベをおいてけば、ほら！　最大級の戦犯として、歴史に名を残す無能領主になれるって寸法よぉ！　しゃーっしゃっしゃ！

『ノア様すごい！　最低！　そこにしびれるぅ！　まったくこれっぽっちも憧れないっすけど！』

ふっ……よせやいロウリィ。照れるぜ。

「ノア様……！」「我らを見捨てたのですか！」

くくく……効果抜群よぉ。

勝った！　無能王子……これにて、完！

と、思ったそのときだった。

ドスッ！

「『え？』」

ノアールの胸に、長剣が突き刺さっていた。

後ろを見ると……。

「り、リスタぁあああああああああ!?」

リスタが、剣を構えて、ノアールを串刺しにしたのだ。

「滅せよ、悪魔！【ターン・アンデッド】！」

「ふぎゃぁあああああああああああああああああ！」

リスタの使った神聖魔法が、ノアール（ナベリウス）の体を消し飛ばす！

「『な、ナベぇええええええ！』」

跡形もなく消し飛んだ、ノアール（ナベリウス）……

「ノア様……すべて、計画通りですね！」

「『ふぁ……!?』」

え、なに？

計画って……え、なに？

「リスタ様、これはいったい、どういうことですの……？」

呆然《ぼうぜん》とする大観衆の中、サラが尋ねる。

「これはすべて、ノア様の遠大な計画だったのです！」

「「んなっ!?　なんだってー!?」」

サラも、観衆も、そして俺でさえも驚く。

なんだよ遠大な計画って！　初耳だよ！

「すべてはノア様の、計画でした。世界に争いが無くならないのはなぜか……そう！　それは全人類がノア様の素晴らしさを知らないからです！」

『とんでも理論っすね！』

「そこで一計を案じたノア様は、自らノアールという悪役を演じたのです。人類共通の敵とあえてなることで、人民を一致団結させようと！」

『敵っつーか世界の九割九分が闇に染まってましたけど!?　それにノア様のやってたのって善行でしたよ全部!?』

「そして計画は最終段階……ノアールという悪役をもとに、全人類が一致団結したとき……自ら命を絶ち、世界を平和にする！　それこそが！　ノア様の計画だったのです！」

「「なんだってぇえええええええ!?」」

『いや本人が驚いてる時点で勘違いに気づけっすよぉ！』

こいつ何をどう解釈したらそうなるんだよぉ！

しかもそれ俺が死ぬことになってるし！

「そしてノア様の見事な計略により！　世界は一つにまとまったのです！　ノア様があえて悪人を演じることによって！」

「「おおぉおおおおおおおおおおおおおおおおおおおおおおおおお！」」

その場にいた全員が涙を流す。

いやいやいやいやいや！

「お見事です……ノアールとしてクロヨンを率いて、世界の九割九分をまとめあげ。そして最後にあえてカーター領の人たちを裏切るようなまねをすることで、一〇〇%……完全なる悪となり、死ぬ……なんと見事な手際！　さすがです！」

「いや俺生きてますけど!?」

『犠牲となったのナベちゃんっすけど!?』

『い、生きてるぞぉ～……』

あ、俺の影の中でナベの声がする。

多分身の危険を感じて、分身を残していたのだろう。用心深いやつめ。

「これぞノア様の計画……【黒の鎮魂歌《ノア・レクイエム》】！」

「！　【黒の鎮魂歌《ノア・レクイエム》】……！　それは……！」

エルレインが声を震わせる。

リスタがうなずいて、懐から……一冊の本を取り出す！

「そ、それは！」

「闇の賢者ノアール様が書き記した福音書のなかに……この計画は書いてありました！」

「ああああああああああああああああああああああああ！」

『ノア様しっかり！』

過去に書いた、俺の黒歴史ノートが！

リスタのやろう、読んでやがったのかぁ……！

「ノア様がノアール様と名前とお姿を偽って活動したとき、わたし、ピンと来たんです。ノア様はこれを実行なさろうとしてると！」

リスタは敬虔《けいけん》なる教徒のごとく、黒歴史ノートを後生大事に抱いて、感じ入ったような声で言う。

「ノア様は……はるかな昔から、世界が平和になるようにと、計画を立ててらっしゃったのです……」

「「す、すげぇえええええええええええええええ！」」

わぁあああ……！　とその場にいた全員が大歓声をあげる。

みんな……ああ、みんな……同じ顔してるよぉ……。

「はじめはノア様の計画、違うのかなって思ったんです。あえて悪役になるの。でも今日、ノア様が悪役を演じて、カーター領の皆さんを裏切ったことで確信を得たのです！　これは一分の隙も無いくらい、完璧に作り上げられた計画なのだと！」

『あーあー……結局、原因はノア様の無駄な無能ムーヴなんすねぇ……その結果、大観衆の前で、有能っぷりをさらしてしまったと……』

もはや、諦めたような表情の、ロウリィ。

俺は頭を抱えて……そう、いつも通り、こう叫ぶのだ。

「どうしてこうなったぁああ!?」

エピローグ　左遷された無能王子はこれからも、実力を隠したい

世界が俺の手によって、統一されてしまった……！

その日の夜。

カーター領にて。

「どうしてこうなるんだよぉおおん！」

領主の部屋にて、俺は頭を抱えている。

テーブルの上には白猫姿のロウリィがいて、ため息をつく。

『まさか、大ダーク帝国が、世界征服完了するとは思ってなかったすね……。悪の帝国って、普通は滅ぼされるのがセオリーなのに』

「まったくだよぉ……！」

俺……というか、闇の賢者ノアールを首魁《しゅかい》として設立された、大ダーク帝国。

リスタの絶妙なお節介もあって、ついに一〇〇%の支持率の下、帝国は成立した。

『世界は厨二病《ちゅうにびょう》患者をトップとして、まとまるのでした……めでたしめでたし』

「めでたくねぇええええええええええ！」

はぁ……と俺は吐息をついて、深々と椅子に座る。

机の上でロウリィが、人間の姿へと変化。

「まーでもほら、逆に考えるんすよ。これでもめ事は起きないじゃないっすか」

「そうかなぁ……？」

と、そのときだ。

「気になるのでしたら、視察でもどうでしょうか！」

「「うげええええええええええ！　リスタァアアアアアアアアアアアア！」」

いやぁああああああああ！　諸悪の根源ぅうううううううう！

ひぎやぁあああああああああああああ！　悪魔ぁあああああああああ！

「さぁさノア様！　見に行きましょう！　あなた様が作りし、闇の帝国が、どうなってるのか！」

「ふぇええん……見たくないよぉう……」

★

リスタに連れられ、俺は無理矢理、領地というか帝国のなかを視察に向かったんだが……。

「さー安いよ安いよ！」「うめえ！」「こんなうまいもの初めてだ！」

最初に訪れた街では、人にあふれ、しかもみんな笑顔にしている。

「あ、あれ……？　闇の帝国だよねここ？」

「はい！　ですが、二大商人様がいるおかげで、流通はバッチリ！　ですよね、お二人とも」

「「はい！」」

現れたのは、商人のサブリーナちゃんくんと、俺の婚約者のサラディアスことサラ。

「ノア様のお申し付け通り、世界に貧富の差が生まれないよう、世界中の人たちに美味《おい》しい物を安く、提供するようにしております！」

「ノア様の指示通り、衣食住も、足りていない人には無償で提供するようになってます！」

うふふふ、と商人ふたりが笑うんだが……いや、イヤイヤ！

「いつそんな指示だしたんだよ！」

してないよぉ俺!?

「わたしが代弁しました！」

「リスタぁぁあああ！」

やっぱりこいつか！　ちくしょう！　全部の原因こいつじゃねえか！！！！！

「でも世界中のひとたちが、食べるものにも、住むところにも困らないって、すげーっすね」

「天上の世界みたいだな」

リスタ、そしてサブリーナとサラがにこやかに笑いながらいう。

「ノア様のおかげで、食べ物や貧富の差から生まれる悲しい戦争が失われました」

「さすがです、ノア様！」

何もしてないんですけどぉ!?

★

次にやってきたのは、アインの村。

ここもほかの村も、外壁でガチガチに固められて、モンスターが出やしない。

「む！　ノア様！」「くくく……来たか、闇の眷属《けんぞく》よ」

「て、テータ……ライザ……」

四バカの一角、元騎士団長と元宮廷魔導師長がいやがる。

リスタが微笑《ほほえ》みながら、二人を紹介する。

「国の防衛組織として、このお二人が代表となり、新たに【大ダーク魔導騎士団】を設立されました！」

「ま、魔導騎士団……？」

こくん、とテータがうなずく。

「うむ！　ノア様のおかげで気づいたのだ！　剣だけでは、世界中の人たちは守れん、と！」

「くく……このノーキンのことは嫌いだったが、ノア様の言葉で目が覚めた。やはり肉の壁も必要と」

だから俺何も言ってないんですよぉおおおおおおおおおおおおおお!?

「魔物が出ても、我ら魔導騎士団が世界中に配置されているので、即座にぶち殺せるぞ！」

「聖騎士どもとも連携して、この世界から魔物による悲劇を完全に取り除いたぞ……くく、ノア様のおかげだ」

だからなんで俺のおかげなの!?

ロウリィが呆《あき》れつつも言う。

「お金を払って冒険者を雇わなくても、魔物討伐してもらえるってすげーっすね」

「世界が統一されたおかげで、権力の独占とかもなくなり、貴族だけで無くこうして貧しい村にも防衛に人材を割けるようになったのは、地味にすごいな」

たしかにそうかもしれないけど！

「「さすがです！　ノア様！」」

俺何もしてないから、全然さすがでもなんでもないんだけどね！

★

その後も街を見て回った。

元敵だった魔族は、魔王ヒルデと勇者ユリアンとが結婚（!?）したことで、民族問題は解決していた。

奴隷たちも全て解放され、駄馬兄とセバスが主体となって、彼らにも知識と教養を身につけさせている。

元帝国のガルシア皇子は、メイシェン姉上とともに世界を、親善大使として回ることで、不満が吹き出るのを防いでる、らしい……。

「これのどこが闇の帝国なんだよ！！！！！」

俺はカーター領の、領主の館へと戻ってきた。

ここは領地じゃなくて、帝都カーターって名前に変更されたようだ。なんだそりゃ。

リスタが胸の前で手を組み、微笑《ほほえ》みながら言う。

「ノア様のおかげで、世界は平和になりました。これもノア様のおかげです」

「繰り返すなよ……ハーア……まじでもういやぁ……」

ロウリィが俺の様子を見て、苦笑しながら言う。

「まーでも、めっちゃ栄えてるじゃないですか。争いもなくなり、ある意味、世界征服してよかったっすよ？」

「そのかわり、一億倍くらい面倒ごとが増えたけどね……！」

世界を征服した組織のトップだぞ!?

どんだけ仕事が増えたと思ってるんだよ!?

ああもう……！

「せっかく恋人とイチャイチャパラダイスできると思ったのになぁ」

「ふ、ふーん……」

ロウリィがそっぽを向いて、頬をかく。

「い、いちゃいちゃ……したいんすか？」

「おう、当たり前だろ」

「ふーん……」

ロウリィは机の上から降りて、俺の膝の上に乗っかる。

ふにっ、と柔らかな太ももの感触が。

「こーしたいってこと？」

「ああ、まあな……つーか、重い。降りろ」

「いやっす」

「あ、そ……」

俺らはしばし無言で、やがて、俺の方から口を開く。

「悪かったな。いろいろ、勘違いしてよ」

「こっちこそ、ごめんなさいっす。こっちの不注意で、いろいろめんどうなことになって」

まあ元はといえばこの女が、勘違いさせるような発言をした。

そのせいで俺は闇落ちして、大ダーク帝国（笑）なんて作る羽目になったのだが……。

「ま、気にすんな」

ぽんぽん、とロウリィの白髪をなでる。

「ナベの貴い犠牲もあって、俺たちはついに恋人になれたんだからよ」

「ナベちゃん……草葉の陰で、きっと喜んでるっす。見守っててね……」

俺たちは天井を見上げる。

大きな、ナベの笑っている姿が、映る……。

『人を殺すなバカップルが』

「「ナベたん！」」

机の下の影から、のそりと体を出す。

「おまえ生きてたのか？」

「てっきりリスタに殺されたのかと思ってたっす！」

『ああ。死ぬ前に、分身体を影のなかに残してなかったら、やばかったがな』

ロウリィは俺の膝から降りて、黒犬《ナベ》のことをぎゅっと抱きしめる。

「ナベちゃん、ありがとっす。いろいろと、根回ししてくれて。おかげで念願叶《かな》ったっす」

『ふん。まあオレ様には関係ないが、まあ……良かったんじゃないか』

「うぃっす♡　あざっす！」

ぎゅーっ、とロウリィがナベの首を抱きしめる。

そっぽを向くナベだが、目元がどこか柔らかかった。

「おいおい悪魔は意地悪なんじゃなかったのか？　キューピッドにでも転向したら？」

『神《ごみ》の使いっぱしりになるくらいなら、神《のあさま》のぱしりでいるほうがましだよ』

「ちがいないっすね！」

ロウリィがクスクスと笑う。

ナベもまた、フッ……と静かに笑う。

俺もまあ、なんだかんだうれしくて笑ってた。

そんな様子を、悪魔《リスタ》が見て、言う。

「こうして偉大なるノア様のおかげで、世界は平和となり、みんな幸せに暮らしました！　めでたしめでたし！」

俺……ロウリィ……そしてナベリウスの三人は。

したり顔でまとめた、リスタに向かって……言う。

「「いや、諸悪の根源《おまえ》が締めるんかーーーーーーーーーーい！」」

めでたし♥

あとがき～Preface～

お久しぶりです、作者です！　このたびは無能王子、最終第三巻を手に取ってくださり、誠にありがとうございます！

三巻の内容は、主人公ノア様が、過去に戻ってすべてをやり直そうとしたり、隠し子が発覚したり、闇落ちして世界征服を成し遂げたり、やりたい放題な、けれど最終的にはさノ（※さすがですノア様、の略）されるという相変わらずな内容となっております。

今回は、最終巻ということで、全体を通しての感想とか、思いとかつらつら述べていこうと思います。振り返って思うのは、不思議な作品だったなと。主人公が無双し、さすがです主人公様！　ってなってるのに、主人公が全くうれしそうじゃないっていう、今まで書いてきたことないタイプのお話＆主人公でした。でも、僕はそんなノア様と信者（※ヒロイン）の繰り出す、あほっぽいお話がもうほんと大好きで、書いてて一番楽しく、また幸せを感じていました。ノア様も、ロウリィも、ナベリウスも、この作品に出てくるキャラは、全員大好きです。だから、そんな大好きなやつらの、ゴールをきちんと書いてあげられたのが、とてもうれしかったです。

僕は二〇一八年に小説家としてデビューし、五年目に突入しております。しかしその間で、完結巻を出せたことは一度もありませんでした。しかし今回、茨木野《いばらきの》としてデビューしてはじめて、エンドマークをつけた作品を、世に出すことができました。最後まで出せたのは、もちろん読んで買ってくださった皆様と、ＧＯサインを出してくださった編集様のおかげです。それとおそらく、ノア様たちのことを、僕が大好きだったからっていう気持ち的なものも、少しはプラスに働いてくれたのかなーなんて思っております。ありがとう、ノア様と信者たち（※ヒロインズ）。たくさんの人（キャラ含む）のおかげで、完結巻を出すことができました。皆様本当にありがとうございました！

最後に、謝辞を。イラストレーターのハル犬《けん》様。最後までキャラクター達を愛らしく書いてくださり、ありがとうございました！　闇落ちノア様最高です！

続いて、編集のＮ様。三巻出す許可を下さり、本当にありがとうございました。実はこういう事情があったので、めちゃくちゃうれしかったです。また、異動されてしまわれた編集の方々についても、感謝申し上げます。

続いて、コミカライズ担当の七桃《ななもも》りお様！　漫画版、いつも面白楽しく書いてくださりありがとうございます！　まだまだ漫画版は続きますが、今後ともよろしくお願いします！

その他、本づくりにかかわってくださった皆様にも、感謝です。

そして何より、この作品を読んでくださった、すべての読者の皆様に、最大級の感謝を！

それでは、紙幅も尽きてきましたので、この辺で失礼いたします。ノア様のさノが、みんなを幸せにしてくれると信じて！

二〇二三年三月某日　茨木野

【宣伝】

来月新作出ます。タイトルは「天才錬金術師は気ままに旅する」です。ノア様同様、すごい力を持った女の子が、のんびり旅しながら、各地でやらかすという内容です。電撃の新文芸様から、6月発売です。こちらもぜひ！

電撃の新文芸

左遷《させん》された無能王子《むのうおうじ》は実力《じつりょく》を隠《かく》したい3
～二度転生《にどてんせい》した最強賢者《さいきょうけんじゃ》、今世《こんせい》では楽《らく》したいので手《て》を抜《ぬ》いてたら、王家《おうけ》を追放《ついほう》された。今更帰《いまさらかえ》ってこいと言《い》われても遅《おそ》い、領民《りょうみん》に実力《じつりょく》がバレて、実家《じっか》に帰《かえ》してくれないから……～

著者／茨木野《いばらきの》

イラスト／ハル犬《けん》

2023年5月17日　初版発行

発行者／山下直久

発行／株式会社ＫＡＤＯＫＡＷＡ

〒102-8177　東京都千代田区富士見2-13-3

0570-002-301（ナビダイヤル）

印刷／図書印刷株式会社

製本／図書印刷株式会社

【初出】……………………………………………………………………………………

本書は、「小説家になろう」に掲載された『左遷された無能王子は実力を隠したい ～二度転生した最強賢者、今世では楽したいので手を抜いてたら、王家を追放された。今更帰ってこいと言われても遅い、領民に実力がバレて、実家に帰してくれないから…』を加筆、訂正したものです。

ISBN978-4-04-915028-5　C0093　Printed in Japan

ファンレターあて先

〒102-8177

東京都千代田区富士見2-13-3

電撃の新文芸編集部

「茨木野先生」係

「ハル犬先生」係